Impressum:

Copyright 2017
©K. P. -Schmidt
Herstellung und Verlag:
BoD – Books on Demand, Norderstedt
ISBN 978-3-7431-1163-9

Cover/Buchgestaltung: Christian Schmidt
email: schmidt.grafikdesign@gmail.com

Korrektorat: Mike Schroeder
http://mike-schroeder-korrektorat.jimdo.com

K. P.- SCHMIDT

LIEBE IST WOANDERS

WAS IST DIE JUGEND ? EIN TRAUM
WAS IST LIEBE ? DER INHALT DES TRAUMES
S. Kirkegaard

01. Kapitel: An diesen Tagen
02. Kapitel: Probeaufnahmen
03. Kapitel: Die neue Jacke
04. Kapitel: Arztbesuch
05. Kapitel: Die Feier und der Flummi
06. Kapitel: Fredi kennt die Leichtigkeit
07. Kapitel: Nachtfahrt
08. Kapitel: Im Zelt verloren
09. Kapitel: Der große Auftritt
10. Kapitel: Das Geständnis
11. Kapitel: Bahnfahrt nach Wiesbaden
12. Kapitel: Das gelbe Haus
13. Kapitel: Kommune der Freundschaft
14. Kapitel: Alles Lüge
15. Kapitel: Ende und Anfang zugleich
16. Kapitel: Im Krankenhaus
17. Kapitel: Die alltägliche Hochzeit
18. Kapitel: Alles Lüge
19. Kapitel: Nette Nachbarn
20. Kapitel: Hinterher ist es besser
21. Kapitel: Eine Bagatelle zu viel
22. Kapitel: Beim Manöver
23. Kapitel: Erneuter Versuch
24. Kapitel: Rattengift

Damals als... 1970 das unaufgeräumte Mädchen

1. KAPITEL: AN DIESEN TAGEN

Es ist früh am Morgen, Gertrude gähnt verschlafen, reibt sich die Augen und dreht sich nochmal im Bett zur Seite. Etwas später nimmt sie beiläufig ein paar Kleidungsstücke aus dem Schrank, zieht ihre Lieblingshose an und stakst in die Küche.
„ Du hast ja wieder deine komische Blümchenhose an, warum kannst du nicht normal, mit einem netten Rock herumlaufen, wie deine Freundin Marina? Warum musst du unbedingt wie ein Hippie herumlaufen?" kritisiert die Mutter leicht gereizt als sie die Tochter sieht und versteht nicht warum sie sich so auffallend anzieht.
Ohne eine Antwort zu geben, setzt sich Gertrude an den Küchentisch und schlürft ihre Tasse mit heißen Kaffee bis zur Hälfte leer. – Warum muss die Mutter immer nur herummeckern – denkt sie trotzig – am liesten wäre ich hier bald weg.
„ Was soll bloß mal aus dir werden", seufzt die Mutter scheinbar besorgt, wobei sie den Tisch abwischt. „Du lässt dich nur bedienen und überall liegen deine Sachen herum. Glaubst du denn es bringt mir Spaß ständig hinter dir herzuräumen? Ich könnte mir auch was Besseres vorstellen."
Der Vater hört nur - hinterherräumen - und ohne zu wissen worum es übehaupt geht, fügt er hinzu: „ Solange du die Füße unter unseren Tisch stellst, kannst Du deiner Mutter ruhig auch mal unter die Arme greifen," die Mutter nickt

zustimmend mit dem Kopf, macht eine besorgte Mine, und während sie dem Vater eine Tasse Kaffee einschenkt, sagt sie: „Da muss ich Papa aber recht geben."
Gertrude schmollt, fühlt sich zu Unrecht angegriffen: „Warum könnt ihr mich nicht einfach in Ruhe lassen?" stöhnt sie und legt den Kopf in beide Hände.
Dem ungeachtet hören die Vorwürfe nicht auf. „Wie willst du jemals eine Arbeit finden, wenn du derart schlampig herumläufst?" stellt die Mutter dauernd fest. Mit verschränkten Armen steht sie vor Gertrude, verharrt einen Moment und wartet auf eine Entschuldigung, oder ein Versprechen, dass sie sich bessern wird. Aber die mault vor sich hin, reagiert nicht. Verärgert dreht sich die Mutter um, holt sich die Kartoffeln für das Mittagessen und beginnt die zu schälen. Bemüht sich vergeblich, dieTochter zu verstehen. Sie ist so anders, so aufmüpfig und sie findet keinen Zugang zu ihr, es ist, als ob sie in zwei verschiedenen Sprachen miteinander reden würden.
Der Vater streicht sich sein Brötchen dick mit Butter und anschließend verteilt er, mit dem Messer Marmelade darauf und dabei erzählt er ausführlich, wie anstrengend der gestrige Tag im Büro war. Während er genüsslich kaut, sagt: er: „ Das könnt ihr euch gar nicht vorstellen, wie stressig das ist, denn sobald ich eine Aufgabe erledigt hatte, musste ich sofort, ohne Pause den nächsten Stapel bearbeiten und so weiter und so weiter." Er berichtet andauernd und ausführlich gern von seiner Arbeit im Büro. Betont immer wieder, wie hart er dafür schuften muss, um die Familie zu ernähren.
Allerdings verschweigt er, dass sich die Firma im Moment in einer wirtschaftlichen Krise befindet. Diesen Umstand

behält er für sich. Stattdessen redet er lieber über Klaus. Klaus tut immer freundlich. Hat sich so ein Allerweltsgehabe angewöhnt. Bei einer Unterhaltung muss der stets das letzte Wort haben. Er weiß immer und über alles bestens Bescheid, lässt sich nichts sagen. Klaus hat die Weisheit mit Löffeln gefressen. Das wurmt den Vater und er sagt: „Neulich habe ich ihm einen guten Rat geben wollen, weil ich etwas darüber gerade in der Zeitung gelesen hatte und habe ihn gewarnt: „Klaus wenn du Bluthochdruck hast, solltest du nicht so oft in die Sauna gehen." Aber Klaus wusste es besser: „Im Gegenteil, wenn ich in der Sauna bin, habe ich anschließend einen ausgezeichneten Blutdruck." der Vater trinkt einen Schluck Kaffee, der inzwischen kalt geworden ist und meint; „Naja, was soll man darauf auch sagen? Außerdem hat er ständig versucht in der Firma Unfrieden zu stiften, Er hat über jeden Kollegen, der gerade nicht anwesend war gelästert. Natürlich zu seinem Vorteil. Das reinste Mobbing war das."
„Hast du nicht gesagt,, dass dem Klaus gekündigt worden ist," erinnert sich die Mutter.
Der Vater nickt mit dem Kopf und ergänzt: „Das wollte ich ja gerade erzählen, das ihm gekündigt wurde. Aber damit hatte er wohl gerechnet. Hatte sich erst mal auf Pump ein Haus auf Mallorca gekauft und als die Mutter starb, ist er mit dem gesamten Vermögen dorthin ausgewandert."
„So kann man sich in einem Menschen täuschen", resümiert die Mutter, „als ich ihn einmal gesehen habe, hat er auf mich einen grundsoliden Eindruck gemacht."
„Ja, aber das Beste kommt noch. Die Kollegen haben mir verraten, was er dem Chef über mich gesagt hatte. Er hatte

nämlich behauptet, ich würde während der Arbeitszeit auf dem Klo die Zeitung lesen. Eine Unverschämtheit, eine bodenlose Frechheit war das. Aber nun ist er ja entlassen worden und auf einer Insel, das Betriebsklima kann sich hoffentlich wieder erholen," und denkt bei sich, - ein bisschen auf dem Klo Zeitung lesen schadet ja niemanden.-
Inzwischen kochen die Kartoffeln und es riecht nach Grünkohl. Um auf andere Gedanken zu kommen, flüchtet Gertrude aus der Wohnung. Die Eltern haben ja recht, sie ist 17 Jahre und hat bisher nichts auf die Reihe gebracht, außer einem mittelmäßigen Schulabschluss. Sie fühlt sich missverstanden. Nie kann sie es scheinbar den Eltern recht machen, dauernd haben sie etwas an ihr auszusetzten. Ihr Traum ist es Sängerin zu werden, aber das akzeptieren sie nicht. Das ist in ihren Augen kein richtiger Beruf. Ratlos fragt sie sich, was sie sonst noch gern machen möchte, aber ihr fällt nichts Anderes ein. Vielleicht sollte sie nach Afrika gehen und irgentwie helfen, die Not zu lindern.
Die Sonne scheint kurz aus dem mit Wolken verhangenen Himmel hervor. In der Luft liegt ein Hauch von Frühling. Das schöne Wetter vertreibt die negativen Gedanken. Auf Grünkohl hat Gertrude jetzt gar keinen Appetit. Deshalb geht sie zum Bäcker und kauft sich zwei Schnecken, die sie genüsslich auf einer Parkbank am See verzehren will. Ein fremder Mann geht vorbei und sieht sie allein auf der Bank sitzen. In gebührendem Abstand nimmt er spontan Platz. Nervös holt er sich eine Zigarette aus der Packung, wühlt in den Hosentaschen nach seinem Feuerzeug, tut so, als ob er vergeblich sucht und fragt schließlich Gertrude: „Haben sie vielleicht ein Streichholz oder so."
Sie schüttelt mit dem Kopf und antwortet kurz angebun-

den: „Nein," ohne ihn weiter zu beachten. Scheinbar wie zufällig findet er sein Feuerzeug in einer Hosentasche, grinst und zündet sich die Zigarette an. Zufrieden atmet er tief durch. Gemeinsam starren beide stumm auf die glitzernde Wasseroberfläche.

„Entschuldigung, darf ich dir auch eine Zigarette anbieten", wird er vertraulich und hält ihr die Packung entgegen. Sie greift sich umständlich eine heraus. Ganz Kavalier hält er das Feuerzeug vor ihr Gesicht stellt fest, „schönes Wetter heute" und entzündet die Flamme.

„Geht so", antwortet sie leicht Mimosenhaft und zieht den Rauch der Zigarette ein, obwohl sie eigentlich Nichtraucherin ist. Schließlich soll er nicht bemerken, wie unerfahren sie im Grunde ist.

„Bist du öfter hier", erkundigt er sich „ so ein hübsches Mädchen, wie du wäre mir längst aufgefallen."

„Kann sein oder auch nicht", meint sie schnippisch und fühlt sich besonders gut, weil er ihr Komplimente macht. Wenigstens hat er sie nicht auf ihre Haare angesprochen. Die sind blond und jeder findet ihre Haarfarbe toll. Eigentlich hätte sie viel lieber ein unauffälliges Dunkelblond und nicht diese vielen Sommersprossen auf der Nase.

„Du siehst ein bisschen niedergedrückt aus, kann das sein", fragt er vermeintlich mitfühlend und wirft die Zigarette auf die Erde ohne diese auszutreten. Eine Entenmutter watschelt mit ihren fünf jungen Entenküken im Gleichschritt an ihnen schnatternd vorüber. Gertrude und der Fremde müssen lachen.

Anschließend betrachtet sie ihn das erste Mal richtig und findet, dass er nicht schlecht aussieht. Er ist schlank, hat ebenmäßige Gesichtszüge, blaue Augen und volles, dunk-

les Haar. Sein Lachen wirkt ganz natürlich. In dem Moment konnte sie sich ihn als Freund vorstellen und bietet ihm den restlichen Kuchen aus der Bäckerei an.
Aber er mag keine Schnecken mit Rosinen, dafür rückt er näher und legt wie zufällig den Arm um ihre Schulter. Etwas bedrängt lässt sie ihn gewähren, fühlt sich gleichzeitig geschmeichelt tut sie so, als wäre seine Nähe selbstverständlich.
Die Sonne scheint noch. Aber langsam ziehen dunkle Wolken vorüber. Den Rest Kuchen mag sie nicht mehr essen, weiß nicht wohin mit der Tüte und wirft beides kurzerhand in den neben der Bank stehenden Papierkorb. Für eine Weile ist der Park menschenleer, nicht mal ein Hundebesitzer ist unterwegs. Ein kleiner Wind kommt auf und die Blätter rascheln in den Bäumen. Die Entenfamilie eilt zurück, doch jetzt lachen die beiden nicht mehr.
Seine Hand streift über ihr Haar. Sie bleibt sitzen und schiebt die Hand zaghaft weg. Verunsichert weiß Gertrude nicht wie sie sich verhalten soll. Bis ein paar unschuldige Küsse mit den Jungen aus der Tanzschule hat sie keine weitere Erfahrung. Ihre Aufklärung ist lückenhaft. Als sie ihre ersten Blutungen bekommen hatte, meinte die Mutter nur „ jetzt bist du eine Frau. Damit müssen alle Frauen leben." Aber was ist eine Frau.
Unterdessen lässt der Fremde seine Hand, wie zufällig über ihre Brust gleiten. Der Himmel wird bedrohlich dunkler und leichter Nieselregen tropft auf die Bank.
Sie versucht aufzustehen, erhebt sich und will nach Hause gehen. Er hält sie am Handgelenk fest: „Nun sei keine Spielverderberin, ich tu dir nichts, komm lass uns ein wenig reden," fordert er mit freundlicher Stimme. Sie setzt

sich wieder hin, möchte nicht als verklemmt dastehen, glaubt ihm seine Beteuerungen und will wissen: „Hast du einen Beruf oder bist du arbeitslos, weil du am Nachmittag im Park spazieren gehst."
„Ich bin im Moment groß im Geschäft, " antwortet er und zündet sich erneut eine Zigarette an, „ so In- und Export. Da kann ich mir meine Arbeitszeit selbst einteilen und wenn ich genügend Kohle zusammen habe wandere ich nach Amerika aus." danach summt er „ab in die Freiheit. I` am born to be wild." Während er mit der rechten Hand auf seinen Oberschenkel trommelt.
„I` am born born born. "
„ Du hast es gut, " stellt Gertrude neidisch fest. „Ich kann mich nicht entscheiden welche Ausbildung für mich in Frage käme. Am liebsten würde ich was mit Musik machen, aber meine Eltern bestehen darauf, dass ich etwas Solides lerne, wie Bankkauffrau oder bei einer Behörde als Sachbearbeiterin. Als ob ich dazu Lust hätte," klagt sie spöttisch, „ es gibt häufig deswegen Streit, sie wollen mich einfach nicht verstehen und werfen mir vor, dass ich nur faul herum liegen würde."
„Mach dir bloß keine Gedanken deswegen. So sind Eltern nun mal." Stellt er fest, „mir gefällst du jedenfalls wie du bist" und nimmt sie erneut in seine Arme. Sie versucht ihn abzuschütteln, doch er hält sie diesmal fest umfangen und belustigt sich darüber, wie widerborstig sie ihm gegenüber ist.
Der Regen hat für kurze Zeit aufgehört und das Wasser blinkt silbrig im See. Ein Hundebesitzer geht freundlich an ihnen vorrüber und grüßt höflich. Der Hund schnüffelt kurz an ihrem Knie und verschwindet schnell wieder.

Während er sie weiterhin an sich drückt haucht er in ihr Ohr: „ vertrau mir."
Es riecht modrig, Vogelgezwitscher schallt von irgendwoher. Plötzlich ist alles still. Sie wird verlegen, mag ihn einerseits, möchte ihn gerne näher kennenlernen, aber nicht gleich so intim werden. Deswegen schiebt sie ihn erneut beiseite. Sagt eher zaghaft: „laß das."
Trotzdem versucht er sie zu küssen. Schließlich hatte er heute einen beschissenen Tag gehabt, hatte sie angelogen, um einen guten Eindruck zu schinden nur angegeben. In Wahrheit war er arbeitslos und heute bei einem Vorstellungsgespräch gewesen. Doch der Firmenchef entschied sich für einen anderen Bewerber. Das war wie ein Faustschlag in das Gesicht für ihn, insgesamt seine zehnte Absage in diesem Monat.
 Als er auf dem Rückweg von der Bewerbung Gertrude allein auf der Bank sitzen sah reizte sie ihn. Sie hatte so eine trotzige, kindliche Ausstrahlung die ihm gefiel, er bekam Lust sie zu erobern und sich an ihr abzureagieren. Letztlich war er immer noch der größte Frauenheld, wenigstens auf seine Eroberungen konnte er stolz sein und schmeichelt ihr erneut: „ Du siehst echt gut aus. Ich mag solche Mädchen wie dich," legt seine Hand auf ihr Knie und läßt sie langsam den Oberschenkel hoch gleiten, greift ihr sanft zwischen die Beine.
Seine Hände bedrängen sie weiter werden vordender und seltsame wirre Gefühle breiten sich in Gertrude aus. Unsicher versucht sie sich wieder von ihm zu befreien. Es fängt erneut an ein wenig zu regnen. Die Bank bietet kaum Platz, es ist eng und sie kippeln hin und her. Er flüstert ihr ins Ohr: „Ich will dich."

Dabei fallen sie zusammen auf den Boden, der matschig an der Blümchenhose kleben bleibt.
Mit seiner ganzen Kraft zerrt er sie hinter einen Busch, um sie vor ungebetenen Blicken zu schützen. Ihr wird schlecht, es gießt in der Zwischenzeit in Strömen. Wie gelähmt gelingt es ihr nicht, sich aus seiner Umarmung zu lösen, er ist gewaltiger und schon total erregt. „Stell dich nicht so an", fordert er „du willst es doch auch," und zieht ihre Hose runter. Als er hart sie eindringt tut es weh. Allerdings lässt er nicht von ihr ab, erst nachdem er kurz aufgestöhnt hat, verliert er jegliches Interesse an ihr. Danach erhebt er sich befriedigt, knöpft seine Hose zu und verhält sich, wie wenn nichts gewesen wäre. Entspannt zündet er sich wieder eine Zigarette an und meint lässig „ Es regnet mir zu stark und ich habe noch ein paar wichtige Termine. War nett mit dir, aber du bist viel zu steif in den Hüften. Naja, vielleicht sehen wir uns irgendwann mal, mach es gut", kehrt ihr den Rücken zu und verschwindet eilig.
Gertrude fühlt sich elend, sie muss sich übergeben und erbricht den Kuchen vom Bäcker ins nasse Gras. Das war nicht die Liebe nach der sie sich gesehnt hat, das war nicht die Aufmerksamkeit die sie erhalten will. Wütend spuckt sie den Rest des Erbrochenen aus. Ein bitterer Geschmack bleibt im Mund zurück und sie empfindet sich als schmutzig. Nicht mal der Regen stört sie im Moment. Ein Liebespaar geht eng umschlungen auf dem Weg vorüber. Die Frau bleibt stehen, weil Gertrude so mitgenommen aussieht und fragt besorgt „ kann ich irgendwie helfen?" Gertrude steht da wie ein begossener Pudel und schüttelt stumm mit dem Kopf. Sie will nur noch nach Hause.

2. KAPITEL: PROBEAUFNAHMEN

Am nächsten Tag will sie nicht aufstehen, hat keinen Appetit und will nicht Frühstücken. Sie behauptet dass sie starke Kopfschmerzen hat, verkriecht sich unter der Bettdecke. Daraufhin bringt ihr die Mutter einen feuchten kalten Waschlappen, den sie ihr auf die Stirn legt.
Während Gertrude die Augen schließt, schieben sich ungewollt die Bilder vom Vortag in den Kopf. Sie ärgert sich das sie so blauäugig war einem Fremden zu vertrauen. Sie ärgert sich das sie von der großen Liebe träumt. Sie ärgert sich das sie nur benutzt wurde, wie eine Gummipuppe und bemüht sich die negativen Gedanken im Schleudergang wegzuspülen. Im weinerlichen Tonfall nach der Mutter rufend, verlangt sie nach einer Kopfschmerztablette.
Aber stattdessen überreicht ihr die Mutter einen Brief, und meint „Post für dich." Überrascht nimmt Gertrude den kalten Lappen von der Stirn, und öffnet den Umschlag. Die Mutter bleibt am Türrahmen stehen und will mit der spöttischen Bemerkung wissen: „Na, was hast du nun schon wieder angestellt," und versucht anteilnehmend einen Blick in den Brief zu werfen.
Überglücklich drückt Gertrude das Schreiben gegen ihre Brust und strahlt „Am Montag soll ich mich, in der Nähe vom Hauptbahnhof, für Probeaufnahmen vorstellen." Sie kann es kaum fassen und hatte gar nicht mehr daran gedacht, dass sie sich im Tonstudio Hanse Plus als Sängerin beworben hatte.
Ein wenig stolz reicht sie das Antwortschreiben ihrer Mutter, die skeptisch meint „ Was du dir immer wieder ausdenkst, warum hast du nicht mit uns darüber geredet, das

sind doch erneut nur Hirngespinste. Papa hat ganz recht, du solltest dich um einen vernünftigen Ausbildungsplatz bemühen."
Doch Gertrude sind die Bedenken der Mutter im Moment egal. Die Kopfschmerzen scheinen wie weggeblasen. Sie wird Sängerin, das ist das einzige was zählt, die Musik.
Aufgewühlt rennt sie ins Bad um sich probehalber zurecht zu machen. Kritisch betrachtet sie ihr Gesicht im Spiegel und Zweifel kommen auf. Sie findet sich zu breit, zu blass, die Nase zu groß, den Kopf zu klein, überhaupt total unattraktiv und überschminkt die Augen, Mund und Nase kräftig mit Ey-Liner, Lippenstift und Makeup.
In der Küche wischt die Mutter den Küchenfußboden. Dabei berichtet sie dem Vater laut schreiend, weil der es sich mal wieder auf dem Sofa bequem gemacht hat und die Nachrichten im Fernsehen sieht, von Gertrudes Brief: „Sie hat einen Vorstellungstermin bekommen und soll irgehtwo vorsingen," ruft sie. Der Vater antwortet nicht. Er möchte seine Ruhe haben, hat nur noch wenig Zeit, weil er angeblich bald zur Arbeit muss von der Arbeitszeitverkürzung spricht er nicht, geht lieber in eine Kneipe.
Überglücklich schneidet sich Gertrude vom frischen Weißbrot eine Scheibe ab, wobei sie auf den Küchenboden krümelt. Sofort meckert die Mutter: „Muss das denn sein, du machst ja alles gleich wieder schmutzig, wozu putze ich übedrhaupt," holt Schaufel und Besen, fegt die Krümel auf und wirft sie in den Mülleimer.
Der Vater hat nur die Hälfte verstanden, mischt sich aber vom Sofa aus ein. Aufgebracht verlangt er aus der Tiefe des Raumes: „Ich wiederhole mich ungern, aber du könntest deiner Mutter auch ruhig mal helfen, anstatt dich ir-

gendwo als Sängerin zu bewerben. Das wird doch nichts! Ist dir eigentlich klar wie viele das werden wollen und wie wenig davon leben können. Wenn du gern was tun möchtest, hilf lieber Deiner Mutter im Haushalt." Er will sich nicht aufregen, denn in Wirklichkeit plagen ihn eigentlich ganz andere Probleme , die ihn belasten.

Seine Firma steht vielleicht kurz vor der Pleite. Der Chef hatte zu viel Kapital in das verkehrte Produkt investiert. Es konnte nicht genug Material abgesetzt werden. Im gesamten Betrieb wurde Kurzarbeit angeordnet. Doch davon soll die Familie nichts erfahren und deshalb begehrt er scheinbar geschäftig „Bringt mir einer von euch schnell noch ein Bier, ich muss gleich ins Büro."

Unwillig reicht ihm Gertrude die Flasche. Er blickt auf ihr geschminktes Gesicht und verschluckt sich beim trinken über ihren Anblick; „wie siehst du denn aus, willst du zum Fasching oder was willst du mit der Kriegsbemalung bezwecken", belustigt er sich.

„Wieso das sieht doch gut aus", lächelt sie keck zurück, dreht sich um und holt eine Tafel Schokolade aus dem Stubenschrank: „Nervennahrung," sagt sie.

Der Vater brummt ihr hinterher: „wenn das so weiter geht mit deinen Rosinen im Kopf, wirst du tatsächlich noch als Putzfrau enden, das prophezeie ich Dir."

Dazwischen verkündet die Mutter aus Gertrudes Zimmer laut rufend: „Vati will doch nur dein Bestes." Den Satz kennt Gertrude schon in – und auswendig . Sie geht enttäuscht in ihr Zimmer zurück, knallt die Tür zu und denkt beleidigt. Warum können sich die Eltern sich nicht einfach mit ihr freuen?

Wenigstens hat sie die Tafel Schokolade mitgenommen.

Sie legt sich auf das, von der Mutter frisch bezogene Bett, steckt ein Stückchen nach dem anderen in den Mund und träumt davon, wie es wäre, wenn sie eine berühmte Sängerin sein würde. Wie im Paradies vllkommen frei und ohne den lästigen Alltag. Dann nimmt sie das Buch, ‚vom Winde verweht', das sie gerade liest aus dem Regal, schlägt es in der Mitte auf, liest es weiter und vergisst alles um sich herum. Ein Schokoriegel, fällt ohne sie es bemerkt ins Bett bleibt zwischen ihren Beinen kleben und fällt aufs Bettlaken. Als sie es bemerkt ist es zu spät, das Bettlaken muss erneuert werden.

Die Zeit bis zu dem Termin vergeht schnell. Um einen guten Eindruck zu machen wäscht sie, über die Wanne gebeugt die Haare. Allerdings, verzichtet sie auf das Schmincken, weil der Vater darüber gelacht hat. Unzählige Male hat sie die Einladung für die Probeaufnahmen durchgelesen und jedesmal versucht sich vorzustellen, wie großartig es sein wird, Auf einmal hat sie Angst zu versagen.

Aufgeregt steigt sie in den Bus. Vom Vorort braucht sie eine gute Stunde bis zur Stadtmitte. Die Bahn benutzt sie oft, um ins Zentrum zu gelangen und kann die einzelnen Stationen schon im Schlaf aufzählen. Die vorbeirauschenden Häuser und Straßen sind ihr wohl vertraut. Manchmal stellt sie sich vor, wie es wohl wäre, in einem der großen alten Villen zu wohnen, die ihren Garten direkt hinter den Gleisen haben. Ob die Leute dort wohl glücklicher sind? Endlich hat sie den Hauptbahnhof erreicht, kann aussteigen, muss allerdings noch, einige Straßen, die dicht an dicht mit Autos zugeparkt sind üerqueren, bis sie die angegebene Adresse ausfindig gemacht hat. Erschöpft,

von der Fahrt betritt sie den Eingang eines Altbaus. Im Vorraum sitzen, zu ihrer Überraschung schon viele junge Mädchen, starren sie an und tuscheln. Dass sie so viele Mitbewerberinnen antreffen würde hatte Gertrude nicht erwartet. An der Rezeption meldet sie sich an und nimmt anschließend in der Reihe der Wartenden Platz.
Am Rand des Raumes sitzt sie aufgeregt auf einen harten Stuhl. Die unterschiedlichen Bewerberinnen tauschen lautstark ihre Erfahrungen aus, die sie bei verschiedenen Agenturen gemacht haben. Andere singen die Tonleiter rauf und runter oder üben ihr Lied. Ein hektisches Kommen und Gehen, ein undefinierbares Summen, ähnlich wie in einem Bienenstock erfüllt das Wartezimmer.
Es kommt ihr vor, wie eine gefühlte Ewigkeit bis alle Bewerberinnen aufgefordert werden der Sekretärin zu folgen. Die Gruppe wird in einen abgedunkelten Raum, mit einer Bühne geführt. Jede Teiilnehmerin sucht sich einen Platz im vorderen Bereich, wo sie ihr Lied vortragen sollen.
In der Mitte des Raumes sitzen schon drei Männer. Ein etwas älterer Herr mit Brille und leichten Bauchansatz steht auf und begrüßt Alle herzlich. Danach wird jede Bewerberin einzeln aufgerufen, um auf der Bühne Ihr Talent zum Besten zu geben.
Gertrude sieht kritisch zu und findet, dass die Meisten, bis auf ein paar Ausnahmen, schlecht singen. Sie ist felsenfest davon überzeugt, dass sie es besser kann und geht in Gedanken noch einmal ihren Text durch – Die Liebe ist ein seltsames Spiel – sie kommt und geht von einem zum andern – sie nimmt uns alles – doch sie gibt auch viel zu viel - .

In diesem Moment hört sie wie ihr Name aufgerufen wird. Als sie aufsteht und auf eine Bühne gehen muss wird sie doch nervös. Der Holzfußboden unter ihr scheint zu wackeln und knarrt.
„Bitte fangen sie an", fordert der Herr mit Hut sie auf.
Verlegen starrt sie auf die vielen Gesichter die auf sie gerichtet sind und beginnt „Die Liebe", mehr kommt nicht aus ihr heraus. Sie hat den Text vollständig vergessen. Black out!
„Versuchen sie es noch einmal", spricht der Herr mit Hut ihr Mut zu oder singen sie etwas anderes."
Gertrude denkt an – Hänschen klein – ihre Hände fangen an zu schwitzen. Mit klopfendem Herzen macht sie den Mund auf, aber es kommt kein Ton raus.
„ Es ist gut, sie können sich wieder setzten", winkt ein anderer Prüfer ab und macht sich Notizen in das Heft, dass auf seinem Schoß liegt. Nun wird das Mädchen aufgerufen, welches ihren Text so fleißig während der Wartezeit geprobt hat. Sie steht selbstsicher auf der Bühne und glänzt durch ein fehlerfreies Vorsingen. Gertrude denkt spöttisch, dass die viel zu bieder ist, da kann sie noch so toll vortragen. Aber der Mann mit der Brille lobt das Mädchen ausführlich und stellt fest „Du bist bisher die beste Interpretin, vielen Dank für deinen hervorragenden Beitrag."
Schließlich haben alle vorgesungen und Herr mit Hut verkündigt, dass die Auserwählte brieflich benachrichtigt wird und ansonsten dankt er allen Teilnehmern, dass sie in der Vielzahl erschienen sind. Ein Rauschen geht durch den Saal und alle erheben sich und klatschen.
Als Letzte geht Gertrude sichtlich geknickt. Einer der

Männer aus der Jury kommt auf sie zu, er sagt auf englisch zu ihr um sie zu trösten: „we did´nt need no Faces, we need Voeces." Erstaunt sieht Gertrude ihn an – Wieso sagt er das – denkt sie, lächelt ihn verkniffen an und antwortet nichts. Geht weiter. Als sie im Gebäude die Treppen nach unten steigt, grübelt sie darüber nach, was der Engländer damit wohl gemeint haben könnte, aber in ihrem Kopf ist alles leer, nur das Klappern ihrer Schritte die hohl wiederhallen und bei jedem Schritt nachklingen hört sie noch beim verlassen des Hauses.

3. KAPITEL: DIE NEUE JACKE

Vor ein paar Tagen hatte die Mutter ihr Geld für eine neue Jacke gegeben und um sich zu trösten, will sie die jetzt kaufen. Wie konnte sie auch sämtlicheTexte vergessen, da war nur eine schwarze Wand in ihrem Kopf gewesen und sonst garnichts. Das war mehr als peinlich, soetwas war ihr noch nie passiert.
Im Kaufhaus Linde im zweiten Stock, ist zwar eine große Auswahl vorhanden, aber die meisten Jacken sind zu teuer, dafür reicht das Geld, dass sie erhalten hat nicht. Enttäuscht schiebt sie eine Jacke nach der anderen zur Seite. Die Modelle fallen entweder zu kurz, oder zu lang, oder zu bieder aus. Egal was sie anprobiert es gefällt ihr keine dieser Jacken. Die Freude ist dahin, Frust macht sich breit, sie hat einfach kein Glück.
Enttäuscht macht sie sich auf den Heimweg, aber plötzlich fällt ihr noch ein Second- Hand- Laden ein, den ihr Marina vor einiger Zeit empfohlen hatte. Kurz entschlossen kehrt sie um. Die Gegend in der sich der Laden befindet liegt etwas abgelegen, in einem ehemaligen Arbeiterviertel. Die Häuser wirken trist und grau, aber bei jüngeren Leuten ist der Stadtteil äußerst beliebt, wegen der noch relativ günstigen Mieten. Sie gelangt bis ins Schanzenviertel, wo den Second- Hand Laden schließlich ausfindig macht. In einem schmalen länglichen Raum steht ein Verkäufer gelangweilt hinter einem Tresen und trommelt mit den Fingern dagegen.
Im Moment sind keine Kunden anwesend, gähnende Leere. - Wirklich ein Geheimtipp, denkt Gertrude sarkastisch und bereut das sie hierher gekommen ist.

„Was kann ich für dich tun," will der Verkäufer unfreundlich wissen.
„Eigentlich will ich eine Jacke kaufen, aber ich sehe hier hängen keine," antwortet Gertrude. Der Verkäufer greift fachkundig, in das Regal hinter sich und holt einen Stapel hervor, aus dem er eine Jacke umständlch heraus fischt, die noch gut erhalten ist.
„Die müßte dir passen," stellt er mürrisch fest und reicht sie ihr. Vor einem Spiegel probiert Gertrude die Jacke an, zupft ein bißchen daran herum, dreht sich zur Seite und stellt überrascht fest, das die sehr gut sitzt. Es ist ein kurzer Parker im Militärlook, mit vielen aufgesetzten Taschen. Allerdings Geschmacksache, auf alle Fälle orginell, findet Gertrude.
Die Jacke kostet zwanzig Mark, genausoviel Geld, wie sie bekommen hat und deshalb überlegt sie nicht lange und bezahlt.
Stolz zieht sie das gute Stück schon auf dem Heimweg an und freut dich darauf, die Jacke den Eltern zeigen zu können. Denn für so wenig Geld eine Jacke zu finden, das war schon eine Leistung.
Aber als sie Zuhause ankommt, sind die Eltern in Eile, weil sie noch den Wochenendeinkauf erledigen wollen, bevor die Geschäfte schließen. Sie steigen gerade in den Opel ein, der vom Vater regelmäßig gewartet wird und sein ganzer Stolz ist. Ein Auto muß gut im Schuß erhalten bleiben, ist seine Devise, weil er sich alle zwei Jahre ein neues Auto kauft und das Alte muss schließlich einen guten Verkaufspreis erzielen. „Ansonsten", sagt er, „rechnet sich das nicht."
Als Gertrude mit der neuen Jacke um die Ecke kommt,

wollen die Eltern gerade abfahren, denn der Supermarkt schließt um 18 Uhr. Der Vater startet. Gertrude klopft gegen die Autoscheibe, zeigt stolz auf ihre neue Jacke und ruft durch die Scheibe: „Seht mal, die habe ich mir gerade gekauft." Der Vater sieht nur Khaki und Militär und das findet er unpassend. Er steigt aus und schreit: „So eine Jacke kommt mir nicht ins Haus!" und fügt bitterböse hinzu, „Meine Tochter trägt keine gebrauchten Sachen von der Bundeswehr! Das will ich nicht sehen! Am besten du bringst das Teil sofort zurück, und keine Widerworte!"
Die Mutter nickt zustimmend mit dem Kopf: „Hast du gehört was Vater gesagt hat?" und kramt in ihrer Tasche nach einem Tuch, schnupft die Nase und sagt mit strenger Miene: „Wir müssen jetzt aber wirklich los fahren." Der Vater hupt, Gertrude springt zur Seite und der Opel biegt um die Ecke in Richtung Supermarkt.
Wehmütig sieht Gertrude hinterher, fühlt sich ungerecht behandelt, die Worte tun ihr weh und sie ruft: „Das Geld hat aber für keine andere Jacke gereicht und außerdem schließen die Geschäfte bald, da kann ich heute sowieso nichts mehr umtauschen." Enttäuscht verkriecht sie sich im Zimmer ins Bett. Am liebsten würde sie auswandern - das ist nicht fair - denkt sie. Packt die Jacke in eine Einkaufstüte und schmeißt die in die hinterste Ecke. Wischt sich über die Augen und denkt trotzig, - was soll man auch von Eltern halten, die einen ‚Gertrude' nennen? Warum heißt sie nicht Nicole oder Lena, nein nur weil ihre Großmutter den Namen trug, braucht man sie doch nicht auch so nennen, der Name passt gar nicht zu ihr.

4. KAPITEL: ARZTBESUCH

Beim Mittagessen am nächsten Tag wollen die Eltern wissen, wie die Bewerbung ausgefallen war. Es gibt Gulasch mit Rotkohl. Mit vollem Mund tuschelt Gertrude: „Gut, gut, alle fanden mich toll. Aber ganz genau ist nichts entschieden worden. Die werden mich schriftlich benachrichtigen, falls ich ausgewählt bin. Ich war nicht die einzige Bewerberin."
Sorgfältig wischt die Mutter sich mit der Serviette die Speisereste vom Mund sagt lakonisch: „Ach so, ich habe gedacht das du gleich eine Platte aufnehmen würdest."
„Eure Sorgen möchte ich haben", mischt sich der Vater ein und wechselt einfach das Thema: „Genießt lieber das gute Essen. Im Krieg war man schon froh über eine Scheibe trockenes Brot. In der Gefangenschaft haben sich einige deswegen gegenseitig umgebracht," steckt das Fleisch mit der Soße in den Mund und lobt: „Das Essen schmeckt mal wieder ausgezeichnet," ergänzt, während er das Fleisch ausgiebig kaut: „ Am schlimmsten war es, wenn einer vor Hunger geschwächt auf seiner Pritsche lag, und der Russe abfällig auf den Elenden mit dem Finger gezeigt und seinen Leuten befohlen hat: „der morgen kaputt!"
Keiner sagt mehr ein Wort, nur der kleine Bruder wackelt unruhig auf seinem Stuhl und beschwert sich: „ Ich hätte lieber eine Portion Spagetti gegessen." Gertrude ist eifersüchtig auf ihn, sie hat das Empfinden, dass er ihr vorgezogen wird und er sich alles erlauben darf.
Belehrend hält der Vater mit seiner Gabel eine Kartoffel, dem kleinen Bruder vor das Gesicht und erklärt „ Für eine

Kartoffel, eine Kartoffel, stellt euch das mal vor, für die bin ich um nicht gesehen zu werden, auf der Erde gekrochen", dabei fällt die Kartoffel von der Gabel," er hebt sie auf und legt sie auf seinen Teller zurück, fährt fort: „das müßt ihr euch einmal bildlich vorstellen, wie ich fünf Kilometer über den Acker gekrochen bin."

Alle Familienmitglieder kennen Vaters Kriegserlebnisse. Er erzählt davon, weil die Erlebnisse ihm keine Ruhe lassen: „Wisst ihr was das gemeinste war," schüttelt er mit dem Kopf „Nein, es war nicht der Feind, es waren die eigenen Kameraden, die sich gegenseitig, sogar für ein verschimmeltes Stück Brot an die Russen aus Habgier verraten haben. Glaubt aber nicht, dass die deswegen ihre Belohnung bekommen haben. Die Russen haben die angespuckt und geschrien: „Du sein Verräter."

„ Möchte noch jemand Nachspeise", fragt die Mutter dazwischen: „ Es gibt Vanille Pudding." Der kleine Bruder und der Vater lassen sich bedienen. Der Vater sieht jetzt Gertrude an und erkundigt sich: „Hast du eigentlich heute morgen die Jacke wieder zurück gebracht?" Verschnupft nickt sie mit dem Kopf: „Der Verkäufer hat mir das Geld wieder gegeben."

„Das tut mir leid, das ich gestern so ungeduldig war," entschuldigt er sich, „ aber das musst du verstehen, alles was mich an Krieg erinnert, das möchte ich nicht im Haus haben. Alles was mit diesem unsinnigen Krieg zu tun hat, kann ich nicht ertragen." Er legt seine Hand auf ihre Hand und lächelt sie freundlich an.

Nach dem Essen geht Gertrude in den Park, um frische Luft zu schnappen. Als sie an dem neu gebauten Turngerüst vorbei geht, hört sie wie zwei Jogger sich miteinan-

der beim Laufen abgehetzt unterhalten, sagt Einer: „ Ja, ja man darf nur nicht Einrosten." „ Nein", antwortet der Andere „Einrosten darf man zu keiner Zeit."
Von einem nahe gelegenen Spielplatz hört sie, wie Kinder ausgelassen am Wasserbecken planschen. Ein Spaziergänger, der ihr entgegen kommt, hält ihr seinen Lolli vor das Gesicht, wobei er scherzhaft einen Diener macht und fragt: „willst du auch mal lecken?" Daraufhin antwortet sie spontan, ohne nachzudenken, schnippisch: „Ich komme gerade aus dem Schwimmbad und habe verstopfte Ohren und geschwollene Augen, ich kann sie weder hören noch sehen" und geht frostig weiter, während der Mann ihr verdutzt, mit dem Kopf schüttelnd hinterher schaut, und nuschelt: „Das war doch bloß Spaß, ich wollte dich doch nur aufheitern, weil du so ein trauriges Gesicht gemacht hast."
In den nächsten Tagen fühlt sich Gertrude immer noch sehr schlecht. Sie glaubt dass sie eine Grippe bekommt, ihr Zustand wird einfach nicht besser. Langsam macht sich auch die Mutter Sorgen. Wenn Gertrude das Essen riecht, muss sie sich übergeben. Ständig ist ihr übel. Sie wird ganz blass, ihre Haut ist wie Papier so trocken und dünn. Schließlich kann die Mutter das nicht mehr mit ansehen und schickt sie zu ihrer Hausärztin Frau Doktor Flickenschild.
Die Ärztin praktiziert ein paar Straßen entfernt in einem Einzelhaus. Meistens ist das Wartezimmer nur mit ein bis zwei Patienten belegt. Es riecht dort nach Bohnerwachs. Die Stühle sind unbequem und abgeschabt. Gertrude setzt sich hin, nimmt sich von den Zeitschriften, die auf einem Tisch ausliegen den Stern um zu lesen, kann sich aber

nicht konzentrieren, wartet.
Zwei ältere Frauen sitzen ihr gegenüber. Die eine seufzt: „Ja, ja da kommt keiner dran vorbei."
Die Frau daneben nickt zustimmend mit dem Kopf: „So iss es eben, ob jung oder alt es trifft alle eines Tages."
Daraufhin erzählt die im roten Blazer von ihrem Sohn: „Der hatte mit achtzehn einen schweren Autounfall gehabt. Jetzt sitzt er im Rollstuhl und kann nicht mehr gehen. Seine Wirbelsäule hat sich verrenkt." Sie faltet ihre Hände, niemand sagt mehr ein Wort. Anteilnehmend überlegt Gertrude wie schrecklich es wäre, wenn sie nicht mehr laufen könnte. Für einen Moment ist sie zufrieden, was kann da noch passieren. Eigentlich hat sie keine Lust noch länger zu warten. Als sie mürrisch gehen will, wird sie von der Sprechstundenhilfe aufgerufen. Flüchtig legt sie den Stern, in dem sie geblättert hat, ohne etwas zu lesen zurück und folgt ihr.
Die Ärztin ist sehr groß, Mitte vierzig, hat eine Dauerwelle und begrüßt Gertrude herzlich. Nach einem kurzen Gespräch über die dauernde Übelkeit untersucht sie den Magen abtastend. Dabei stellt sie im unteren Bereich etwas fest, beendet die Untersuchung und sagt: „Herzlichen Glückwunsch, sie sind schwanger." Gertrude wird blass und denkt für einen kurzen Augenblick – lieber säß ich im Rollstuhl -.
Sie erhält eine Spritze gegen die Übelkeit und ein paar Merkblätter über die Schwangerschaft und wie werde ich eine glückliche Mutter. Verwirrt holt sie ihre Jacke aus dem Wartezimmer. Draußen scheint die Sonne, strahlendblauer Himmel. Ein schöner Tag.
Wie konnte das nur passieren – denkt sie – mit einem

Fremden – und sie hatte es gar nicht gewollt. Was soll sie den Eltern sagen. Das geht doch nicht. Ratlos setzt sie sich auf eine Bank am Kanal und lässt die Sonnenstrahlen auf ihr Gesicht scheinen. Ein Kind könnte sie gar nicht ernähren, weil sie kein eigenes Geld verdient und von den Eltern abhängig ist. Die Schule hat sie eben erst abgeschlossen, wollte ihre Freiheit genießen und jetzt diese Schande. Es gibt ja die Frauenbewegung – mein Bauch gehört mir – aber wem gehört die Gebärmutter.

Die Menschen auf der Straße scheinen hinter ihrem Rücken zu flüstern und mit dem Finger auf sie zu zeigen. Sie dreht sich um, aber da ist niemand. Nur der Bus fährt auf der Straße vorbei.

Am späten Nachmittag kauft sie sich eine Familienpackung Eis. Zuhause will die Mutter sofort wissen was die Ärztin festgestellt hat. Gertrude zeigt auf die Eispackung und antwortet „das Eis schmilzt wenn ich es nicht gleich esse. Ich habe nur eine leichte Erkältung, sonst ist alles in Ordnung" verschwindet schnell in ihr Zimmer, bevor die Mutter weitere Fragen stellen kann und grübelt hin und her ob sie abtreiben soll oder nicht, während sie die ganze Packung Eis genüßlich auf der Zunge zergehen läßt.

In den nächsten Tagen geht sie den Eltern so gut wie möglich aus dem Weg, um unnötigen Fragen auszuweichen. Schließlich entscheidet sie – dass sie das Kind nicht bekommen kann -

Aus dem Telefonbuch sucht sie sich die Adresse eines Frauenarztes, um den Eingriff mit ihm zu besprechen und die nötigen Schritte dafür einzuleiten. Den Eltern sagt sie; dass sie ihre Freundin Marina besuchen will. Sie nimmt die Bahn und steigt in Wandsbek aus. Zweifel kommen

ihr, ob sie wirklich die richtige Entscheidung getroffen hat, nimmt all ihren Mut zusammen und betritt nervös die Praxis. Beim Empfang wird ihr ein Zettel in die Hand gedrückt, den sie ausfüllen soll, bevor sie sich in das geschmacksvoll modernisiertes Wartezimmer setzen darf.
Etwas später wird sie von der Sprechstundenhilfe in eine kleine Kammer gebeten: „Ziehen sie ihre Sachen aus!" sagt sie im Befehlston und erklärt weiter: „Sie müssen ihren Unterleib für die Untersuchung freimachen. Ungewollt zuckt Gertrude zusammen und hakt nochmal nach „auch die Unterhose?" die Sprechstundenhilfe nickt mit dem Kopf „selbstverständlich auch die Unterhose" und schließt die Tür hinter Gertrude ab. Nachdem sich Gertrude ausgezogen hat, setzt sie sich auf eine kleine Bank und wartet in dem engen Kabuff. Es dauert eine zeitlang bis sich die zweite Tür zum Ärztezimmer öffnet.
Gertrude muss sich auf einen Spezialstuhl legen und der Arzt untersucht ihren Unterleib. Er hat eine Glatze, stahlblaue Augen und eine untersetzte Figurund untersucht ihren Unterleib gründlich. Sachlich stellt er ihre Schwangerschaft fest. Sie darf sich wieder anziehen und danach vor seinem Schreibtisch Platz nehmen während er sich ein paar Notizen aufschreibt.
Im weinerlichen Tonfall deutet Gertrude an, dass sie die Schwangerschaft abbrechen möchte. Der Arzt hat wenig Verständnis reagiert abweisend und erklärt ihr, dass erst eine behördliche Genehmigung vorliegen muss, bevor so ein Eingriff überhaupt durchgeführt werden kann. Hartnäckig will Gertrude wissen ob das auch bei einer Vergewaltigung der Fall sein würde. „Jedes Geschöpf hat ein Recht auf Leben, egal unter welchen Umständen es ge-

zeugt wird", beteuert der Arzt und fragt „sind sie denn vergewaltigt worden." „Nein, nein," wehrt sie entschieden ab „ich wollte mich nur mal informieren."
Belehrend hält er ihr einen längeren Vortrag darüber, dass es viele Frauen gibt, die sich vergeblich ein Kind wünschen und alles dafür tun um schwanger zu werden. Eine Abtreibung ist kein Spaziergang, sie beinhaltet auch ein gewisses Risiko. Im Ernstfall kann man danach keine Kinder mehr bekommen. Das sollte sie sich ganz genau überlegen. Am Ende rät er ihr väterlich, dass sie dankbar sein soll für die Gabe Leben austragen zu können. Er hat jedenfalls einen Eid darauf geschworen Leben zu heilen und zu erhalten.
Das will Gertrude aber nicht hören, sie hat sich Verständnis und Hilfe erhofft, später wird sie auch mal Kinder haben wollen, aber nicht jetzt von einem ihr unbekannten Mann. Deshalb bleibt sie hartnäckig und gibt zu, wobei sie verlegen auf ihre Füße schaut „ Ich weiß ja nicht mal den Namen des Vaters. Keine Ahnung wo er wohnt. Ich bin allein."
Es entsteht eine betretende Pause. Der Arzt ordnet einen Stapel von Patientenakten, die auf seinem Schreibtisch liegen und wiederholt: „wie gesagt, ich kann ihnen dabei nicht weiter helfen. Schiebt seinen Stuhl zur Seite, steht auf um sich zu verabschieden, reicht ihr die Hand und betont: „Sie schaffen das schon, Sie sind ja noch jung. Ich wünsche ihnen viel Glück." Und damit ist Gertrude entlassen.
-Bla bla bla - denkt sie aufgebracht, - der hat mich überhaupt nicht verstanden. Zu dem Arzt gehe ich nie wieder. Soll ihn doch der Blitz treffen.-

Sie nimmt sich vor mit Marina über ihr Problem zu sprechen. Marina wird 18 und feiert am Wochenende eine große Geburtstagsparty. Die Einladung dafür lag am Morgen im Briefkasten. Gertrude nimmt sich vor, dort richtig abzufeiern und freut sich. Endlich mal eine gute Nachricht. Doch In der Nacht wälzt sie sich unruhig hin und her – träumt, dass sie sich in einem kahlen Treppenhaus befindet, mit nur einem Unterhemd bekleidet.

Auf der Suche nach ihrer Haustür gibt der Boden unter ihren Füßen plötzlich nach, wackelt und kracht auseinander. Sie fällt durch den Fußboden in ein anderes, ihr fremdes Stockwerk. Ein Unbekannter reicht ihr die Hand und zieht sie hoch. Überall laufen plötzlich viele Menschen ängstlich schreiend, wie eine Herde wild gewordener Kühe, durcheinander. Eine riesige Welle, die aus einer glitschigen, wabernden, grünen Masse besteht bewegt sich bedrohlich auf sie zu. Alle rennen so schnell ihre Beine sie tragen davon. Einige fallen hin, werden weg gedrängt, geschubst, getreten und von der Lava ähnlichen Masse verschluckt. Verzweifelt versucht sie sich endlich zu befreien, schreit um Hilfe, verliert das Gleichgewicht und stürzt über ein Treppengeländer in ein schwarzes Loch und im rasendem Tempo fällt und fällt sie durch einen scheinbar endlosen Tunnel. Zu ihrer Verwunderung landet sie schließlich immer noch mit einem Unterhemd bekleidet auf einem zugigen Bahnhof. Aber sämtliche Züge rasen nur vorbei. Geduldig wartet sie bis endlich ein Zug hält. Als sie einsteigen will schließen die Türen sich vor ihr und sie bleibt hilflos auf dem Bahnhof zurück.

Es kommt kein Zug mehr der sie mitnimmt, sie bleibt aussen vor, geht allein weiter und während sie ins Ungewisse geht betten bunte Regenbogenfarben sie ein.

5. KAPITEL: DIE FEIER UND DER FLUMMI

Es ist Sonnabend und endlich soll die große Geburtstagsparty bei Marina Rebruchsol stattfinden. Marina wohnt mit ihrer Mutter und einem großen schwarzen Hund, der Blacky heißt, am Waldesrand, in einem abbruchreifen Einfamilienhaus. Sie wohnen jedenfalls im oberen Bereich, weil der untere Teil unbewohnbar und verfallen ist. Die Eltern von Marina sind geschieden. Ihr Vater lebt mit einer neuen Familie in Kiel und weigert sich irgendwelchen Unterhalt zu zahlen. Deshalb arbeitet die Mutter bei einem Schlachter als Verkäuferin. Sie arbeitet den ganzen Tag für einen geringen Lohn und Marina ist schon sehr früh sich selbst überlassen worden. In dem kargen Zimmer das noch bewohnbar ist herrscht das reinste Chaos. Aber Marina fühlt sich darin wohl und der Hund ist immer mit dabei, eigentlich eine große Hundehütte. Gertrude findet es gemütlich. Marina und sie kennen sich aus der Schulzeit, als Marina das zweite Mal sitzen geblieben war, landete sie in der Klasse von Gertrude. Ihr hat es nie etwas ausgemacht, wenn sie nicht versetzt wurde, ihre Freiheit war ihr wichtiger als Hausaufgaben und Lernen. Gertrude hat sie immer wegen dieser Sorglosigkeit beneidet und auch weil alle Jungen aus der Klasse hinter Marina her waren. Sie war damals schon gut proportioniert, hatte einen großen Busen und schlanke Beine und war für jeden Unsinn zu haben, ein fröhliches Temperament. Alles was Gertrude fehlte. Aber so unterschiedlich sie auch waren, sie freundeten sich trotzdem an. Den Schulabschluss schaffte Marina dann jedoch nicht.
Mit der Zeit trafen sie sich kaum noch. Die Einladung zu

der Geburtstagsfeier kam völlig überraschend.
Gertrude nimmt sich vor; alle ehemaligen Schulkameraden sollen gucken wie sie sich verändert hat und keine graue Maus mehr ist. Deshalb umrandet sie ihre Augen mit Ey-Liner schwarz, smokey eyes, vielsagende Augen. Währenddessen erinnert sie sich wie komisch es ihr vorkam, als Marina ihr einmal auf dem Schulhof anvertraute, dass sie einen richtigen Mann, keinen Jüngling oder so, kennengelernt hätte. Der griff ihr einfach unter den Rock und hat sie mit einem Finger entjungfert. Das sei ein schönes Gefühl gewesen. Aber als er mehr von ihr begehrte, hätte sie ihn zurückgewiesen. Der Mann hat sich nie wieder blicken lassen. So sind eben die Männer, wenn sie nicht kriegen was sie wollen sind sie schnell wieder verschwunden, klärte Marina sie damals auf. Inzwischen sind die Augen geschminkt, jetzt Puder über das Gesicht und fertig. Die Feier kann beginnen. Den Eltern teilt sie kurz mit; dass sie bei Marina übernachten wird.
Als sie dort eintrifft sind bisher kaum Gäste gekommen. Vor dem Haus im Garten steht Peter am Grill, während die Musik aus einem Kassettenrecorder dröhnt. Keiner dreht sich nach ihr um und bemerkt – oh Gertrude du hast dich aber verändert -. Stattdessen ist es wie gewohnt, sie fühlt sich als drittes Rad am Wagen.
Herzlich begrüßt Marina sie mit einer freundschaftlichen Umarmung und bietet ihr etwas zu trinken an. Holt ihr aber kein Glas, sondern wendet sich von ihr ab und begrüßt eine männliche Person mit längeren Haaren und kaputten Jeans. Die paar etwas älter gewordenen Weggefährten sind auch kein bisschen sympathischer als früher. Sie machen immer noch nur Marina den Hof. Es wird

Literweise Bier getrunken, aber es will keine richtige Stimmung aufkommen.
Gertrude steht allein an einen Pfahl gelehnt starrt auf das flackernde Kerzenlicht, hört der Musik zu und langweilt sich. Sie kommt gar nicht auf die Idee, dass es auch an ihr liegen könnte, weil sie so stocksteif und unnahbar wirkt. Jetzt scheinen sich alle zu amüsieren. Ein Glatzköpfiger nähert sich ihr, stellt sich neben sie und fängt ein Gespräch an „na, wie finden sie die Party", er riecht nach abgestandenem Schweiß, mit Aftershave überzogen.
Sie antwortet ehrlich „ Es geht so, ist aber nicht meine Musik und ich bin überhaupt nicht in Stimmung."
Der Mann schleimt „ sie sehen aber gar nicht traurig aus."
Langsam fällt der Kerl ihr auf den Wecker sie denkt – du angepasster Spießer, lass mich in Ruhe und bemerkt spitz „finden sie." Ihre Worte fallen allerdings ins Leere. Der Glatzköpfige hat eine Bekannte entdeckt, ihr zugewinkt, sich umgedreht und ist fort gegangen.
Gertrude bekommt Hunger und sucht das Büffet auf, ein Tapeziertisch mit einer viel zu kurzen Tischdecke. Als sie nach einem Brötchen greift, hört sie wie eine Stimme fragt „ darf ich auch mal probieren." Hinter ihr steht der Typ mit den kaputten Jeans und nimmt sich ein Brötchen mit Salami. Sie bedient sich ebenfalls damit, denn es gibt nur Brötchen mit Salami, etwas Besseres ist Marina nicht eingefallen. Er fängt ein Gespräch über Politik an und Gertrude hört ihm zu, nickt mit dem Kopf, während sie sich bemüht den Wortschwall zu verstehen. Hört; Konsumgesellschaft, soziale Leistungen schwach, Verstaatlichung, Verantwortung für die Allgemeinheit, beim Bürger nicht ständig neue Konsumerwartungen wecken – Ost – West

– Zeitdruck - .
Sie versteht immer nur Bahnhof, lenkt ab „ Das ist wirklich sehr interessant, und was machen sie sonst so?"
Er „ ich studiere Mathematik."
Ihr bleibt fast der Bissen im Hals stecken. Mathe war ihr Horrorfach.
„…und sie" fragt er
„ NICHTS", antwortet sie und die Konversation scheint zu versiegen, denn er verschwindet für einen kurzen Moment, kommt aber mit zwei gefüllten Sektgläsern zurück und meint wohlwollend „ darauf müssen wir anstoßen, na dann Prost auf nichts."
Sie sieht auf seine kräftigen Hände und trinkt ihr Glas leer. Langsam fühlen beide sich beschwingt und kommen sich näher. Er berührt scheinbar zufällig ihren Arm und sie weicht nicht aus. Daher versucht er es auf die übliche Tour und schlägt vor „ wollen wir nicht lieber zu mir gehen, hier ist ja kaum was los und bei mir ist es viel gemütlicher" und schaut sie romantisch mit seinen braunen Augen an. Gertrude willigt ein, sie hat nichts gegen innige Stunden, kriegt sowieso ein Kind.
Seine kleine Wohnung liegt im Souterrain und ist ganz in weiß gestrichen, sämtliche Möbel, der Fußboden, alles weiß.
Dann liegen sie verschämt in seinem großen weißen Bett und küssen sich. Doch es kommt auf eine verkehrte Ebene. Nichts ist so wie es zu sein scheint oder wie man es gern hätte. Seine vollen viel versprechenden Lippen kennen sich nur in Mathematik aus.
Es passiert gar nichts weiter, kein Funke springt über. Sie bleiben nebeneinander liegen und er redet. „Bald werde

ich zweiundzwanzig und bis vor kurzem habe ich noch bei meiner Mutter gelebt. Eigentlich, weißt du, fehlt mir die Erfahrung in Sachen Liebe und so. Keine Ahnung, du sahst so sexy aus, ich dachte, ich könnte von dir etwas lernen", dabei streift er verspielt über ihren Busen „ naja, ich hänge sehr an meiner Mutter, was ich gern abbauen möchte. Deswegen gehe ich schon einmal in der Woche zum Psychiater, bin aber in den Anfängen der Therapie."
Gertrude ist enttäuscht, ihre Erwartung war seine gewesen. Die Situation wird peinlich. Beide fühlen sich, als ob sie am falschen Ende aufwachen – abwegig verstanden – vom Anderen weit entfernt und dazwischen steht seine Mutter.
Sie empfinden sich mit einem Mal unsicher und suchen in den Augen des Anderen neues Verständnis. Wieder fangen sie an sich zu streicheln, - es bleibt mühsam.
Nichts wird mehr verlangt. Langsam versinken sie ineinander. Keine ungezügelte Leidenschaft steht dazwischen. Sie liegen zusammen, sehen einen roten Himmel mit grünen Wolken, treiben im Nichts und träumen von Engeln die im Regen singen. Aber die Zärtlichkeit erweckt Gefühle die sie nicht ausleben können.
Versuchen krampfhaft einen Höhepunkt zu erreichen. Ihre Haut fühlt sich weich an. Dabei verlieren sie sich in einem Spiel, wo jeder seine Rolle zu übernehmen hat. Er bleibt impotent, hat Angst, bleibt klein, kann sich nicht überwinden, muss immer an seine Mutter denken. In allen Frauen ist für ihn die Mutter drin. Das kann er einfach nicht vergessen. Gertrude kann ihm nicht helfen. Er liegt schlaff neben ihr und winselt

„ ich brauch ihn doch nicht unbedingt reinstecken", steht auf und holt sich ein Glas Wasser.

„ Du musst das verstehen", erklärt er „ meine Mutter ist geschieden. Ich habe nie einen richtigen Vater gehabt. Mir fehlt das männliche Element. Der Psychiater hat mir empfohlen es mit einer Nutte zu versuchen. Bei einem Freund hat das auch mal geholfen, aber das möchte ich nicht", trinkt einen Schluck und klagt weiter „ habe es auch schon mit Rauschgift versucht und gleich zu viel genommen. Bin ziellos durch Straßen gelaufen, habe vor Angst gezittert, war völlig fertig, überall waren Schatten, die Straße fing an zu wackeln, wurden enger und enger. Die Mauern kamen mir entgegen. Ich glaubte ich geh zu Grunde und hielt die Angst nicht mehr aus. Deswegen bin ich zu einem Pfarrer geflohen. Der hat mich ins Krankenhaus gefahren und dort habe ich gleich eine Beruhigungsspritze erhalten. Ich kann dir sagen, sowas mach ich bestimmt nie wieder."

Gern hätte Gertrude ihn von den übermächtigen Mutterkomplexen befreit – aber wie -? Wie sollte sie eine Mutter vertreiben die nicht loslassen will und sich Tag und Nacht in sein Gehirn eingebrannt hat.

Das Unterbewusste ist schwer zu fassen. Das kann man nicht einfach raus ziehen, oder fest halten und wegspülen. Es ist wie ein Flummi. Es hüpft einem immer aus der Hand. Ewig kann man damit herum laufen oder dem hinterher laufen, es bleibt unfassbar. Die Psychiater sind Flummi Spezialisten, grabschen in einen rein, halten den Flummi fest solange man auf der Couch liegt und wenn man denkt man ist geheilt lassen die Besserwisser den Flummi wieder zurücksausen. Danach halten sie die Hand auf und das wird teuer.

Gertrude hat selbst einen Klotz am Bein und genug Flummis in sich tanzen, da kann sie überhaupt nichts machen. Eine Zeitlang reden sie noch miteinander. Regen tropft gegen die Fensterscheiben. Im Zimmer ist es warm, es bleibt beim Träumen und die Nacht verklemmt sich im breiten Bett.

Am nächsten Morgen sind sie sich fremd, nur ein Rest Traurigkeit bleibt. Beim Abschied denkt Gertrude – ich hätte ihn lieben können, wenn er keine Mutter gehabt hätte - und hinterlässt ihre Telefonnummer. Doch er ruft nicht an und es bleibt eine bedrückende Sehnsucht. Immerhin, auch das zerrinnt mit der Zeit. Auf dem Heimweg denkt Gertrude bitter – in Zukunft werde ich mehr wissen und Frau Meier mit meiner Vergangenheit in den Hintern treten denn Frau Meier schleicht im
Albtraum hinter ihr her.

6. KAPITEL: FREDI KENNT DIE LEICHTIGKEIT

Zuhause liegt im Korridor auf der Kommode ein Brief für sie von der Plattenfirma. Aufgeregt reißt sie den Umschlag auf und liest; Wir bedauern ihnen mitteilen zu müssen, dass wir Ihre Aufnahmen nicht veröffentlichen können. Enttäuscht lässt Gertrude den Brief fallen. All ihre ganzen Bemühungen waren umsonst. Ein kleiner Brief mit einer Absage macht ihre Hoffnungen und Träume kaputt. Einfach aus, ohne irgendeine Begründung. Abgestempelt, unbrauchbar, keine Chance. Der Vater kommt, hebt den Brief auf und liest die Ablehnung „Na bitte", sagt er „ sag ich das nicht immer wieder, bei einer soliden Ausbildung wäre sowas nie passiert. Lern endlich etwas Vernünftiges", dabei gibt er ihr den Brief zurück und fügt seinen Lieblingssatz hinzu „ sonst endest du noch als Putzfrau."
Das Telefon klingelt. Marina will wissen wie ihr die Party gefallen hat und Gertrude antwortet „die Salamibrötchen haben gut geschmeckt" woraufhin Marina nachhakt „ich dachte schon du hättest dich gelangweilt weil du so früh mit Kai Uwe verschwunden bist. Ich muss dich übrigens vor ihm warnen, er ist total auf seine Mutter fixiert."
„Mach dir keinen Kopf", schwindelt Gertrude „da ist nichts gewesen, ich kenn den überhaupt nicht richtig."
„was ich dich eigentlich fragen wollte", säuselt Marina „hast du Lust mit mir in die Kneipe in der Geritstraße zu gehen, die soll total Kult sein." Erfreut sagt Gertrude zu, eine Abwechslung kann sie jetzt wirklich gut gebrauchen.
Die Kneipe ist nicht besonders groß. Auf der einen Seite ist so eine Art riesiger Tresen aufgebaut hinter dem der

Chef fungiert, ein bärtiger mittelgroßer Typ mit bescher Hose und karierten Hemd. Auf der anderen Seite bilden Sitzbänke mit hohen Lehnen kleine Nischen. Im ganzen Raum steht der Zigarettenrauch.
Als Gertrude die Kneipe betritt sind nur wenige Gäste vorhanden und Marina ist auch nicht in Sicht. Sie nimmt in einer der noch leeren Nische Platz, bestellt eine Cola und wartet. Langsam füllt sich die Kneipe, bald sind die meisten Plätze besetzt. Von Marina keine Spur und Gertrude wird unsicher – hatte sie irgendwas verwechselt oder falsch verstanden - .
Zwei junge Männer setzen sich an ihren Tisch, auf die gegenüber liegende Seite und bestellen jeweils ein Bier. Sie reden von der Abiturprüfung die der eine nicht bestanden hat und nun stöhnt, dass er nicht weiß wie er vorgehen soll.
Er ist Waldorfschüler und könnte das Jahr wiederholen oder einfach mit der Mittleren Reife abgehen. Sein Freund rät ihm das Jahr unbedingt nochmal zu machen. Doch dann würde er erst mit 22 Jahren fertig sein. Er war jetzt schon zu alt, weil er in der achten Klasse im Gymnasium eine Ehrenrunde gedreht hat. Nachdem Desaster haben ihn seine Eltern in der Waldorfschule angemeldet. Dort war es zwar nicht so stressig, aber die Prüfung für das Abitur nimmt nur die staatliche Schule ab. „ Das ist so gemein" verzieht der Waldorfabituranwärter dermaßen sein Gesicht, dass Gertrude die alles mit angehört hat, unwillkürlich lachen muss.
Mit großen Augen sieht er sie verdutzt an und sagt „ Ich heiße übrigens Friedrich, genannt Fredi." Er trägt eine ausgebeulte Lederjacke ist Dunkelblond und hat eine et-

was schlaksige lässige Gestalt.
Sie brauchen nicht viel reden, verstehen sich direkt, sind ohne Worte ein Gedanke, gleich unter Gleichen, sind sich Sympathisch und lassen sich treiben. Haben Spaß.
„Ich will Impotent werden, um nicht mehr von Frauen abhängig sein zu müssen", sagt er und vergisst es gleich wieder. Bemüht sich frei von äußeren Zwängen zu sein, ist aber letzten Endes ein völlig kaputter Typ, der esoterische Gedichte schreibt.
Gertrude bewundert seine verspielte Art, alles hat bei ihm eine gewisse Leichtigkeit. Sie möchte auch so unkompliziert in den Tag hinein leben. Hört Fredi erklären „ Ich will keinesfalls verkehrten Illusionen nachlaufen, oder mich von falschen Gefühlen beeinflussen lassen", zieht die schmale Nase hoch, schnieft „ich mache grundsätzlich keinen unnötigen Kopfstand für Andere ... verstehst du was ich meine... ich will mich von allen Bindungen frei und losgelöst fühlen, mich in mir selbst kennenlernen."
„Ja aber", wirft Gertrude dazwischen, wird allerdings von ihm abgebrochen.
„Ein Beispiel; eigentlich ist die Natur nur Vorspiegelung von Erhabenheit. Es ist leicht in einer großartigen Landschaft allein zu sich selbst zu finden. Aber versuche das mal auf dem Hauptbahnhof in all dem Gedränge, das geht gar nicht – obwohl das auch Natur ist. Es kommt eben immer darauf an, wo du gerade stehst.
Marina betritt fröhlich lächelnd die Kneipe und entschuldigt sich, weil sie zu spät gekommen ist.
Der Bekannte von Fredi erwacht aus seiner Lethargie. Er steht auf kleine blonde Frauen mit großen Busen und

bietet gleich an, ihr etwas von der Theke zum trinken zu holen. Marina poussiert wieder gefällig und lässt sich ein Alsterwasser bringen.

Sie berichtet in gedämpften Tonfall „ich konnte nicht eher kommen, weil Kai Uwe mich besucht hat um sich für die Party zu bedanken. Dabei hat er noch bei mir sein Herz ausgeschüttet wegen seiner Mutter und so, aber er hat auch behauptet, dass er mit dir", sie flüstert „eine intensive Nacht verbracht hat. Du hättest solch eine schöne weiche Haut."

Daraufhin ist Gertrude erstmal sprachlos. Fredi der sich in seinen Äußerungen unterbrochen gefühlt hat ergänzt nun „ und ich sage euch, alles sind nur Trugbilder deiner Hoffnung, deiner Träume. Du belügst dich immer nur selbst, wenn du deine Gefühle im Rausch ertränkst."

Ungläubig schüttelt Marina den Kopf „was hast du denn genommen, ich träume nie und meine Gefühle ertränke ich schon mal gar nicht."

Fredi antwortet leicht genervt „das ist in Metaphern gesprochen, meine Liebe, ich könnte genauso gut sagen – ich will auch am Hauptbahnhof überall hinpissen, in der Menge mir treu bleiben, ich sein. Genauso sich betragen, als wäre man auf einer einsamen Insel. Eben ohne falsche Empfindungen tun was einem gefällt, verstehst du….nein, ich wette auch das hast du verlernt."

Gertrude hängt an Fredis Lippen, aber Marina ist er zu arrogant und riecht zu sehr nach Knoblauch. Sie steht auf und verabschiedet sich mit den Worten „leider kann ich nicht länger bleiben, denn Morgen habe ich noch ein Vorstellungsgespräch in einer Bäckerei."

Sofort bietet der Freund von Fredi ihr an, sie nach Haus zu fahren und die beiden ziehen zusammen los.

Fredi geht zur Musikbox, wirft eine Münze ein und beginnt nach der Musik von den Doors – this is the end – zu tanzen. Sein lässiges Auftreten verändert sich. Wild und abgehackt gestikuliert er mit den Armen. Bewegt sich wie losgelöst im Raum und versinkt ganz in der Musik.

7. KAPITEL: NACHTFAHRT

Auf der Insel Fehmarn soll ein Popfestival stattfinden und Fredi will spontan dort hin, um daran teil zu nehmen. Zögerlich gibt Gertrude zu bedenken, dass die Eltern sich Sorgen machen könnten, wenn sie nicht nach Haus käme und Fehmarn liegt ja auch nicht um die Ecke. Doch Fredi meint „wo liegt das Problem, ich habe ein Auto, wir können fahren." Also steigen sie in seinen klapprigen VW, den er orange mit weißen Punkten angemalt hat und rasen durch die Nacht.
Während der Fahrt sinniert Fredi vor sich hin, um nicht einzuschlafen, bekennt „ich habe alles durchlebt,
bin Achterbahn gefahren,
die Menschen sprechen überall die gleiche Sprache,
alle Wege kommen aus der Erde,
der Grashalm wächst im selben Gleichmaß,
unter der Farbe ist es grau,
habe alle Träume geträumt,
aber ich suche keine Antworten mehr und lebe im heute."
Gertrude kann seinen Gedankengängen kaum folgen und will wissen „Warum hast du eigentlich dein Abitur nicht geschafft, wenn du alles so genau weißt"?
Er kurbelt beleidigt das Fenster einen Spalt nach unten um etwas kühle Nachtluft herein zu lassen und wird ausfallend „Alles Scheiße, du hast nichts kapiert. Ich hatte mal einen Freund, der hat sich das Leben genommen. Ihm schien das der einzige Ausweg."
Allmählich wird Gertrude müde, ihr fallen immer öfter die Augen einfach zu. Im Halbschlaf hört sie Fredis Stim-

me weiter sprechen „auch die Liebe gibt es nicht wirklich. Es bleiben zwei Menschen mit unterschiedlichen Interessen, der eine gibt, der andere nimmt."
Schlummernd lallt sie „wen soll ich lieben…du spinnst, der Weg ist das Ziel, sagt jedenfalls mein Vater ständig. Ich finde es liegt an einem persönlich was man aus seinem Leben macht."
„ und genau das ist der Punkt", hakt er ein „ehe du überhaupt wollen kannst hat dich die Erziehung und Umwelt längst geprägt. Du bist nicht wer du bist und überall suchst du bloß deine eigenen Schatten. Glaube mir, man kann noch so viele lieben, man liebt lediglich sich selbst im Anderen."
Gertrude will das nicht hören, hält sich die Ohren zu und möchte einfach ihr Leben genießen, an Romeo und Julia glauben. Er stimmt sie traurig, dabei lacht er doch über das Spießertum von Frau Meier, beabsichtigt ihre Normen zu verändern. Wer ist schon Frau Meier?
Fredi muss wach bleiben, redet gegen den Nachtwind, redet immer dasselbe, klagt im Tempo des Autos „ich habe vier Geschwister. Meine Eltern verstanden sich nicht. Als Kind habe ich mich nirgendwo wirklich zuhause gefühlt. Damals bin ich Stunden umhergeirrt, ehe ich von der Schule nach Haus gekommen bin. Lieber habe ich auf der Straße geblieben, dabei fühlte ich mich oft wie ein Ausgestoßener. Im Nachhinein, also Heute, erscheint mir meine Kindheit wie ein böser Traum, der von einem Tag zum anderen verloren gegangen ist. Dazwischen stehen die geschiedenen Eltern."
Währenddessen ist Gertrude eingenickt. Als es still wird schreckt sie hoch und fragt „sind wir da?" „Ein wenig

dauert es noch", antwortet er und grübelt weiter darüber nach, ob sein Leben nur ein verzerrtes Spiegelbild der Wirklichkeit geworden ist, eine Erinnerung die es nicht gibt und fühlt sich allein gelassen. Er kurbelt das Autofenster jetzt bis zum unteren Rand und stöhnt „meine Güte, ich ersticke hier gleich, es stinkt."
Allerdings friert Gertrude und bittet „mir ist kalt, mach das Fenster wieder zu."
Er denkt gar nicht daran sondern schreit nach draußen in die Dunkelheit „mir ist heiß." Aber auch als sie im Autositz neben ihm zurückbrüllt, dass ihr immer noch kalt ist, weigert er sich weiter hartnäckig, das Fenster zu schließen und die Stimmung kippt um. Nun herrscht eisiges Schweigen.

Um zwei Uhr Nachts, mitten in der Pampa, vor der Fehmarnbrücke, stoppt Fredi abrupt den Wagen. Zwei Männer stehen mit einem Bierkasten und Gepäck an der Straße und versuchen per Anhalter mitgenommen zu werden. „Kennst du die beiden"? will Gertrude wissen. „Nein, warum sollte ich" antwortet er. Empört regt sie sich auf „du kannst doch nicht allen Ernstes mitten in der Nacht zwei völlig Unbekannte in dein Auto lassen und mitfahren lassen." „Wo ist das Problem, die wollen irgendwohin und ich habe Platz", stellt Fredi fest, öffnet die Wagentür, hilft beim Einladen des Gepäcks in den Kofferraum und lässt die Tramper einsteigen.
Es stellt sich heraus, dass die ebenso das Festival besuchen wollen. Der eine, Timo, hat eine derbe Stimme, sein Gesicht ist voller Narben. Der andere, Jürgen, trägt einen schmuddeligen, lindgrünen Parker, ist spindeldürr,

verzieht sich gleich in die hinterste Ecke und schließt die Augen. Sie besitzen außerdem keine Eintrittskarte, haben aber ein Zelt dabei, das von nun an, als Dankeschön, großzügig Fredi und Gertrude mit benutzen dürfen. Der Pockennarbige redet mit Fredi über Fußball. Sie sind zufällig beide HSV Fans und die sind gerade vom Abstieg aus der Bundesliga vorbei geschrammt. Da kann man lange darüber diskutieren – warum das so ist.
Endlich erreichen sie die riesige scheinbar schwebende Brücke, die Fehmarn mit dem Festland verbindet. Mit ausgelassenen Gejohle überqueren sie den Fehmarnsund „Freiheit wir kommen", grölen die Männer. Dabei weht es dermaßen heftig, dass Gertrude Angst hat eine Windbö könnte das Auto von der Brücke schieben.
Fredi hatte angenommen das Festival findet er mit links. Selbstsicher fährt er zügig gerade aus und landet am anderen Ende der Insel. Sie müssen wieder umkehren. Aber wohin... Alle sind ratlos. Die Beschilderung ist unzureichend. Fredi fährt kreuz und quer, bis er endlich ein kleines Pappschild mit einem Pfeil entdeckt. Zur Sicherheit lässt er an der nächsten Tankstelle das Auto nochmal voll tanken, egal wie teuer und erkundigt sich, ob der Weg der richtige ist, weil die weiter führende Straße eher einem Feldweg gleicht.
Wie aus dem Nichts tauchen auf der engen Straße plötzlich junge, locker gekleidete, Menschen auf, die alle in dieselbe Richtung gehen und einen fröhlichen Eindruck machen. Mit einem Mal werden sie von zwei Aufsehern angehalten, dürfen nicht weiter fahren sondern werden auf einen Parkplatz hingewiesen. Der Platz ist matschig, überall stehen Autos und dazwischen sind vereinzelt so-

gar Zelte aufgebaut. Von irgendwo dröhnt Musik. Es dauert eine Zeit bis   Fredi endlich eine freie Stelle zum parken findet und sie aussteigen können.

In der Dunkelheit fällt es schwer sich zu orientieren. Vereinzelt blinken Taschenlampen auf. Timo, der Pockennarbige stellt fest „Mensch Meier, der Parkplatz ist von allen Seiten eingezäunt" und überlegt laut „woher kommt eigentlich die Musik, ich kann keine Bühne entdecken." Sein Freund schubst ihn an und zeigt auf einen hell leuchtenden Punkt, weit entfernt, fragt stoisch „bist du blind, sieht man doch ganz deutlich, dass dahinten die Bühne ist."

Zweifelnd gibt Gertrude zu bedenken „wie sollen wir denn unbemerkt dorthin gelangen. Überall sind Zäune und die Eingänge werden auch mitten in der Nacht bewacht, wie ein Hochsicherheitstrakt." Das haben sich alle einfacher vorgestellt. Betreten schauen sie zur Bühne. Keiner will eine teure Eintrittskarte kaufen. Gertrude möchte gern schlafen, ist hundemüde. Aber Fredi und die beiden Tramper beschließen die Dunkelheit auszunutzen und irgendwie über Wiesen und durch Absperrungen zu gelangen ganz egal welches Hindernis im Weg steht.

Der erste Zaun hat ein Loch durch das sie hindurch kriechen können.

Die Luft riecht nach frischen Gras und Meer. Nur langsam schreiten sie voran. Doch dann stehen sie vor einem Graben und der ist so tief dass sie ihn umgehen müssen. Danach kommt wieder ein Graben. Marschland eben. Es ist zum verzweifeln die Gräben nehmen scheinbar kein Ende und die Bühne entfernt sich immer mehr. Ein Auto fährt ganz in der Nähe vorbei. Geduckt laufen sie dort-

hin und schleichen, um nicht gesehen zu werden, in gebeugter Haltung am Straßenrand entlang. Keiner wagt ein Wort zu sprechen. Sie tasten sich durch üppig wuchernde Schilfpflanzen, die gespenstisch rascheln und Gertrude hat Angst, sie würde am liebsten Fredis Hand nehmen, traut sich aber nicht. Die Gegend bleibt unüberschaubar. Trotzdem kommen sie dem Ziel jetzt doch näher. Alle vier stöhnen unter den Strapazen.
Zuletzt stehen sie noch einmal vor einer Mauer aus riesigen Maschendrahtzäunen, die zusätzlich mit Licht angestrahlt werden. War eben der ganze Marsch umsonst? Eine Gemeinschaft aus Trotz entsteht, die Nerven liegen blank. Das Flutlicht taucht die gesamte Umgebung in kalte Helligkeit, dabei drehen sich Lichtkegel hin und her auf der Suche nach Eindringlingen ohne Eintrittskarte. Für einen Moment herrscht Grabesstille. Keine Menschenseele rührt sich. Also umgehen die vier so vorsichtig wie möglich auch noch diese Barrieren und stehen kurz vor dem Ziel auf einer Wiese die besonders gut ausgeleuchtet ist. Der pockennarbige Timo schlägt vor, wobei er sehr leise spricht „da müssen wir wohl unter dem Lichtstrahl durchkriechen." „Ich glaube auch", sagt der Andere und Fredi meint „wir sollten es versuchen, kann ja nur schief gehen." Nur Gertrude unkt „das schaffen wir niemals, spätestens auf der freien Wiese entdecken uns die Wachposten." Timo antwortet gereizt „du mit deiner hellen Jacke bist auch meilenweit sichtbar." Woraufhin Fredi einlenkt „wir müssen sie eben in unsere Mitte nehmen."
Das Ziel vor Augen schleichen sie durch das feuchte Gras. Überall werden jetzt Aufseher vermutet die nur auf sie warten. Gertrude hat ein mulmiges Gefühl im Magen

„was machen wir, wenn wir erwischt werden"?
Einer antwortet „beten." In das darauf folgende Schweigen flüstert Fredi „ach wo, die schlafen doch alle."
„Pst", gebietet der Pockennarbige Timo „man kann euch meilenweit hören, gebt endlich Ruhe." Ein Scheinwerfer dreht sich bedrohlich auf sie zu. Gertrudes Phantasie geht mit ihr durch. In Gedanken stellt sie sich vor, dass neben der Ausleuchtung jemand mit einem Gewehr lauert und sie in der hellen Jacke das ideale Ziel abgibt. Weiß ja keiner dass sie eine Frau ist. Tapfer bewegen sich alle weiter voran und erreichen den toten Winkel, den das Licht nicht mehr ausblendet. Der letzte Zaun hat viele Löcher und endlich haben sie es geschafft, sie stehen direkt auf dem sandigen Gelände hinter der großen Bühne. Aber nirgends auch nur die Spur eines Kontrolleurs, die zwei, drei Scheinwerferlichter waren lediglich als Abschreckung für ungebetene Gäste aufgebaut worden.

8. KAPITEL: IM ZELT VERLOREN

Am Bühnenrand hängen zwei Typen verschlafen ab, rauchen eine Zigarette und trinken ein Bier. Von der Bühne schallt es „uff…zz…uff", Mango Jerry singt seinen Hit rauf und runter. Er stampft mit den Füßen im Takt, aber keiner sieht hin „in the sommertime." Herablassend spuckt Fredi in den Sand „scheiß Mango Jerry" sagt er „ist was für Hausfrauen" und die vier beachten den Sänger kaum. Gertrude muss mal auf die Toilette. Die sind allerdings alle besetzt. In den Kabinen schnarchen etliche Rocker quer durcheinander, schlafen teilweise über dem Klo und sehen gefährlich aus.
Ermattet stellen die vier fest, ohne den Kasten Bier und das Zelt ist es trostlos. Fredi beobachtet wie ein Auto direkt hinter die Bühne fährt und parkt. Neugierig wie der Fahrer an den Wächtern vorbeikommen konnte, pirscht sich Fredi, zu dem Onkel der aus dem Auto steigt und lässig die Wagentür zuknallt, hin und erkundigt sich freundlich „Äh, sie, können sie mir vielleicht sagen ob", er zeigt mit dem Finger in die Richtung von wo sie gekommen sind „ob dahinten die Parkplätze und Eingänge noch bewacht werden." Der Onkel ist noch gar nicht so alt, hat einen Vollbart und sieht Fredi skeptisch von oben bis unten an bevor er antwortet „Es sind im Moment keine Aufseher mehr tätig." „Ich habe noch eine Frage", ergänzt Fredi „wie bekomme ich mein Auto hierhin, das steht weit weg auf einem Parkplatz im Matsch und wir haben keine Karten." Fredi weist auf Gertrude und die beiden Tramper die sich interessiert dazu gesellt haben. Der Onkel grinst über beide Backen während er hilfsbereit aufklärt „Ihr braucht

nur die Straße zurückgehen, dann landet ihr direkt bei den Autos. Dabei werdet ihr nicht kontrolliert, das kann ich euch versichern, weil ich einer der Veranstalter bin. Entgeisterte Gesichter starren ihn an. Fredi rutscht ein „oha" raus, wobei er leicht verlegen blass wird. Der Veranstalter könnte jetzt die Polizei rufen aber stattdessen verabschiedet er sich freundlich „na dann, viel Spaß noch", steigt wieder in seinen Mercedes und rauscht im hohen Tempo davon.

„Nochmal Glück gehabt", denkt Gertrude laut und folgt den Anderen erneut die staubige Wegstrecke, diesmal die Straße entlang, hinterher. Am Anfang rufen sie noch übermutig „Platz da, wir kommen" und machen Witze, aber die Strecke zieht sich wie Kaugummi. Der Marsch durch die Nacht endet stumm.

Auf dem Parkplatz angelangt finden sie im dunklen das Auto nicht mehr. Gertrude und Fredi suchen planlos kreuz und quer. Die beiden Tramper halten Ausschau und grübeln darüber nach, wo es abgestellt worden sein könnte. Der knöchrige Jürgen erinnert sich an ein beleuchtetes Zelt das er sich eingeprägt hat, weil es in der Nähe aufgebaut wurde und genau das ist der richtige Hinweis.

Dort finden sie endlich das Auto und steigen erleichtert ein. Zufrieden fährt Fredi alle wieder zum bevorzugten Parkplatz bei der Rampe, den sonst nur die Veranstalter kennen. Jetzt beladen mit Proviant, Bier und Zelt.

Diesmal ist alles ganz einfach. Ein guter Platz vor der Bühne für das Zelt ist schnell gefunden. Voller Stolz bauen es die Tramper mit geübten Handgriffen vorerst auf, es ist klein, aber es ist ein Zelt.

Das Festival kann beginnen.

Total übermüdet legt sich Gertrude in die hinterste Ecke in Fredis Schlafsack. Der Pockennarbige Timo will mit Fredi noch Hasch besorgen um sich anzuturnen. Der knöchrige Jürgen, der abermals still ist bettet sich in die andere Ecke, für mehr Personen ist kaum Platz. Der Boden im Zelt fühlt sich hart und kalt an. Aufgedreht kann Gertrude nicht einschlafen. Mango Jerry oder eine ähnliche Gruppe dröhnen durch die Nacht. Es dauert nicht sehr lange da hört die Musik auf. Für einen Augenblick traumhafte Stille. Endlich Ruhe.

Doch dann, ein Zischen, ein Knacken in den Lautsprechern und es ertönen elektronische Klänge vom Tonband oder noch von einer Band die gnadenlos über das ganze Gelände schallen. Im Halbschlaf träumt Gertrude elektronisch, hat ein Gefühl von Beklemmung, das sie zu erdrücken scheint. Der Zeltboden wird auch nicht weicher. Zerrissene Traumbilder bringen sie um den Schlaf.

Wann hört endlich das elektronische Gedudel auf – hat Fredi recht mit seinen Phrasen – haben wir wirklich verlernt zu sehen – hat die Technik auch mich überfahren – singt nur der Wind noch alte Lieder – sind die Straßen tot – wie kann ich aus dem Gleichklang ausbrechen, wenn ich der Gleichklang bin – ist Leben Liebe – die Ekstase im Feuerwerk – die Grabesstille am Ende – Leben ist schön – ich atme, also bin ich - verdammt nochmal diese schrillen Töne machen mich wahnsinnig -.

Am frühen Morgen taucht Fredi wieder auf. Inzwischen ist es ruhig geworden. „na du, wie geht es", weckt er Gertrude „gut geschlafen." Während er das sagt legt er sich neben sie in den Schlafsack. Sie liegen eng beieinander und berühren sich scheu. Seine Hände streifen kurz über

ihren Körper und dabei öffnet er ihre Bluse.
Der Schlafsack ist so eng, dass seine Hose nur zur Hälfte nach unten gezogen werden kann, dann legt er sich gleich auf Gertrude. Sie blickt vorsichtig zur Seite. Der knöcherige Tramper liegt immer noch an derselben Stelle und scheint zu schlafen. Überrumpelt fühlt sie sich wie ein Brett, das auf den Fußboden genagelt wurde. Fredi umschmeichelt ihre Sinne nicht. Er will eine schnelle Nummer, das Zelt ist viel zu klein. Es bleibt eine frostige Leere zurück.
Aufgeregt kommt Timo hastig ins Zelt gestürzt und fordert „los, beeilt euch, schnell, wir müssen von hier verschwinden." Während Fredi gerade dabei ist seine Hose umständlich wieder hoch zu ziehen „was ist", will er gereizt wissen.
„Das Zelt steht mitten vor der Bühne, alle Anderen die hier standen haben längst abgebaut, dieses Gelände ist ausschließlich für Zuschauer bestimmt....also packt eure Sachen." „Was soll die Hetze am frühen Morgen", beschwert sich Fredi und rollt den Schlafsack zusammen. Der Stille ist inzwischen aufgewacht und verdrückt sich ohne etwas zu sagen. Als letzte räumt Gertrude das Feld.
Doch was sie jetzt erwartet, damit hat sie im Leben nicht gerechnet. Entgeistert steht sie vor dem Zelt und sieht dicht an dicht gedrängt um sie herum unzählig viele junge Menschen sitzen, die alle erwartungsvoll zur Bühne blicken. Soweit das Auge reicht Publikum das in der Sonne auf den Star wartet und sie hat nichts von dem Menschenauflauf gehört.
Entgeistert erinnert sie sich, dass sie eben gerade mitten-

drin mit Fredi geschlafen hat, - ach du meine Güte, wie peinlich ist das denn – denkt sie – hoffentlich hat das Zelt nicht gewackelt -- und wird rot, möchte umkehren. Doch Timo hat schon alles schnell abgebaut, außerdem, beruhigt sie sich, ist das Zelt schließlich ja auch nicht durchsichtig gewesen. Vom Publikum scheint Fredi hingegen nichts zu bemerken, er ist wieder auf seinem Ego Trip, verdrückt sich klammheimlich und lässt Gertrude allein mit den Trampern.

Timo schlägt indessen vor ein größeres Zelt zu suchen, an das sie sich anbauen dürfen. Er möchte irgendwo Asylrecht genießen, weil es so stark weht. Tatsächlich finden sie Leute die sich darauf einlassen. Die Stangen werden mit dem ganzen Zubehör erneut ausgepackt und in den Windschatten gestellt.

In dem großen Zelt hocken vier junge Männer im Kreis auf dem Boden und rauchen. Gertrude hat keine Lust ein freundliches Gespräch anzufangen, sondern verzieht sich ins kleinere Gelass um versäumten Schlaf nachzuholen, aber sie kann nicht abschalten. Fredi ist spurlos verschwunden, warum läuft er einfach weg. Sie fühlt sich verlassen und allein. Alles wirkt fremd. Der Tag verändert alles.

Da sie keine Ruhe findet setzt sie sich zu den Anderen, die immer noch an einer Zigarette abwechselt ziehen. Sitzen wie fest gewachsen, schweigen und geben den Glimmstängel weiter, als wäre er aus Gold. Natürlich darf sie auch mal ziehen. Ablehnend schüttelt sie mit dem Kopf, soviel Rauch kann sie nicht durch ihre Lunge blasen, davon muss sie Husten, bekommt nur Brechreiz, sagt brav „nein danke, ich rauche nicht" und fühlt sich

anschließend als Eindringling, als Außenseiter, als Spielverderber, Miesmacher – bleibt außen vor, wenn Andere selbstvergessen Träumen und versucht sich zu verteidigen „Ich finde es nicht gut, nur weil alle Rauchen, auch zu Rauchen, obwohl man gar nicht raucht."
Die Typen reagieren nicht, sind high, rauchen teilnahmslos ihr Hasch weiter, sie kann ihre Wellenlänge normal nicht erreichen, für den Kreis existiert keine Gertrude mehr. Am liebsten würde sie allen in den Hintern treten, doch stattdessen schleicht sie in das kleine Zelt zurück. Dort ist es auf die Dauer langweilig. Kurzerhand beschließt sie, sich das, Love and Peace Festival anzusehen. Ein eisiger Wind weht von Süd – West. Zielstrebig laufen die anderen Teilnehmer der Veranstaltung irgendwohin. Noch ist keine Musik zu hören, nicht mal elektronisch. Geschäftstüchtige Leute haben Buden eröffnet. Poppige Klamotten werden über dem Ladenpreis angeboten, die keiner kauft. Anderswo gibt es Würstchen, lauwarmen Kaffee, Kartoffelsalat, Cola, Bier und belegte Brötchen und irgendwo lässt Beate Uhse kostenlos Streichholzschachteln verteilen.
Inzwischen nähert sich die Mittagszeit und es ertönt wieder Musik, die verweht über den Platz dröhnt. Es hört sich an wie eine blökende Herde von Kühen und schallt nur Buh, Buh, Bimbam, herüber; mehr nicht. An einem Stand wird Tee umsonst ausgeteilt, Gertrude lässt sich eine Tasse reichen. Es schmeckt nach Wasser. Der Himmel verdunkelt sich, es fängt an zu regnen und Gertrude läuft zurück. Doch dann weiß sie nicht wohin, es stehen unzählig viele ähnliche Zelte nebeneinander. Welche Richtung soll sie einschlagen. Der Regen wird heftiger. Sie versucht sich

zu erinnern, ihr fällt ein, dass das kleine Zelt am größeren hängen muss. Mit Mühe gelingt es schließlich den Platz wieder zu finden. Leicht durchnässt huscht sie ins Zelt. Drinnen hat sich die Stimmung inzwischen gelockert. Alle sind in gespannter Erwartung und reden lediglich davon, dass er jetzt doch bald auftreten wird. Wegen ihm sind sie gekommen. „Auf wen wartet ihr", fragt Gertrude neugierig.
Ein Bärtiger der gerade einen Joint dreht antwortet mit sanfter Stimme „die meisten Festivalbesucher warten schon zwei Tage nur auf Jimmy Hendrix. Sein Auftritt wurde bisher jedesmal verschoben. Heute wird er endlich kommen.
„Wer ist Jimmy Hendrix, den kenne ich nicht", gibt Gertrude kleinlaut zu." „Lebst du auf dem Mond", stellt der Bärtige fest „der ist der beste Musiker und Gitarrist Weltweit. Er bringt die Gitarre mit seinen Händen zum Leben", dabei streift er sich seine halblangen Haare aus dem Gesicht und zündet den fertigen Joint an. Fasziniert schaut Gertrude ihn näher an. Man kann seine Brusthaare aus dem Shirt wachsen sehen. Sein Mund ist ebenmäßig und er hat diese Schlafzimmeraugen wie Paul McCartney von den Beatles, sie sind hellblau und Glasklar.
Das Gespräch versiegt aber gleich wieder, der Typ träumt mit anderen Augen in einer anderen Welt. Fragend wendet sich Gertrude an Timo den Pockennarbigen „Was findet ihr an Hasch so toll, das ihr es alle raucht." Er überlegt eine Weile, schluckt „man hat schöne Träume, weiß du, ist einfach entspannt, alles kommt überdeutlich, alles schwingt und ich sehe wunderschöne bunte Farben, wie im Märchen" und erklärt weiter „dafür müsste ich mehr

als eine Kiste Bier leer trinken, aber danach bin ich bloß besoffen und penn ein, verstehst du." Seine Stimme wird leiser, er tuschelt nur noch vor sich hin „ich habe höchstens ein bisschen Angst auszuflippen. Ein Kumpel von mir hat die lange Reise angetreten, der kam nicht wieder. Daher pass ich immer verdammt gut auf und bin heilfroh, dass mir bisher nie etwas Schlimmes passiert ist. Das Leben ist ohne Hasch sonst farblos." Seine Augen scheinen hervorzutreten und sich wie ein Glücksrad zu rollen.
Aha – denkt Gertrude während sie auf die weggetretenen Männer blickt – die armen brauchen bunte Träume, solche Argumente sind für die Tonne. Mir genügen meine Albträume. Verflucht, jetzt denke ich schon wie Frau Meier oder meine Eltern. Sollen sie doch ihre bunten Träume haben, geht mich auch nichts an. Es ist ihr Leben das sie mit dem Hasch auf Dauer kaputt machen -. Timo ist Kraftfahrzeugmechaniker. Eine solide Grundausbildung. Genügt das nicht? Ein Haus, ein Garten, ein Zaun. Lebensfazit; auch ich habe ein Auto besessen.
Allmählich macht sich Gertrude Sorgen um Fredi. Was macht er bloß solange, wo ist er hingegangen. Vielleicht, hofft sie, trifft sie ihn ja später beim Konzert. Egal erstmal will sie wissen „wann tritt der große Star endlich auf." Der Typ der neben dem Bärtigen hockt und gelegentlich selbstvergessen vor sich hin summt, äußert „das weiß niemand genau, wenn er kommt, ist er da, wir hören es und gehen zur Bühne" und der gegenüber meint „ Jimmy könnte wirklich bald erscheinen" aber der lässt auf sich warten.

9. KAPITEL: DER GROSSE AUFTRITT

Endlich, um die Mittagszeit ist es soweit. Eine eigenwillige Stimme dröhnt über den Platz. Lautes begeistertes Klatschen ohne Ende ist deutlich hörbar. „ Ich glaube jetzt ist es soweit", ruft irgendeiner und alle erheben sich, haben es plötzlich eilig, wollen noch einen halbwegs guten Blick auf die Bühne ergattern. „Kannst du mit mir gehen", fragt Gertrude den Behaarten.
Das ganze Gelände ist dicht gedrängt voller Menschen, die sich gegenseitig behindern. Emsig schieben sie sich weiter nach vorn. Nachdem sie herausgefunden hat, dass er Michael Bodingsky heißt und aus Berlin kommt, verliert sie ihre Begleitung gleich wieder im Gedränge, aus den Augen. Letzten Endes kommt sie nicht sehr weit. Steht unsichtbar in der Menge. Jetzt scheint sogar die Sonne,
In einer bunten Flickenjacke, die krausen Haare mit einem Tuch gezähmt, spielt Jimmy Hendrix wie nebenbei ein langes Gitarrensolo. Auf der großen Plattform, so weit entfernt wirkt er verloren und eher klein und schmächtig. Ihre Erwartungen liegen quer. Das ist nicht ihre Musik.
Direkt vor der Bühne flippen ein paar Mädchen aus. Sie tanzen wild, reißen die Arme hoch, wackeln mit Hüften und Po und jubeln dauernd „Jimmy, Jimmy." Ihre Ekstase wirkt aufgesetzt und gespielt. Bei jedem Lied fangen sie an zu kreischen.
Jedoch wahre Fans lassen sich nicht beirren. Sie sehen ihr Idol durch verklärte Augen. Es beginnt zu nieseln und dann prasselt ein heftiger Schauer von oben herab. Einige Besucher stülpen Plastiktüten über ihre Köpfe, andere lassen sich vom Regen einfach nicht stören. Nur

wenige wollen flüchten wie Gertrude. Die Leute können kaum ausweichen, denn vor, hinter, daneben steht jemand und Gertrude muss dauernd fragen „darf ich mal vorbei", „darf ich mal vorbei", „bitte", „danke", „aber gerne doch", „danke", beschwerlich tritt das Publikum zur Seite. Sie fühlt sich als kleines Rad im großen Uhrwerk, mitten im Regen ausgesetzt und Jimmy Hendrix singt „Hey Joe", die Zuschauer sind begeistert.

Als sie das Zelt erreicht, scheint die Sonne und ihre Sachen sind nass. Sie friert, hat aber keine Kleidung zum Wechseln dabei. Die Festivalteilnehmer rufen enthusiastisch „Zugabe Zugabe", doch das Konzert ist vorüber. Plötzlich, mit unschuldigem Grinsen taucht Fredi wieder auf, als wäre er nicht lange weg gewesen und sagt „ich habe die ganze Zeit im Auto gesessen, hatte einen prima Ausblick und konnte Jimmy Hendrix von der Seite aus sehen und gut hören, quasi wie auf einem Logenplatz." Gertrude schweigt. Sie ist stinksauer – warum hat er sie nicht mitgenommen -.

Obwohl das Festival weiter geht und noch andere Gruppen auftreten, ist nach der großen Darbietung alles im Aufbruch. Die meisten Zelte werden hektisch abgerissen. Der Platz verwandelt sich in eine stinkende Müllhalde. Überall liegen Essensreste, leere Dosen und sonstiger Abfall. Enttäuscht und abgekühlt sehnt sich Gertrude nach einem heißen Bad.

Hingegen Fredi will nicht nach Hause, er genießt das Happening, ist total ausgeflippt, denn die ganze Zeit hat er sich im Auto auch zugekifft und schwirrt nun wie ein Schmetterling durch andere Sphären. Inzwischen ist auch Michael wieder zurück und da sich Gertrude vernachläs-

sig fühlt hängt sie sich an ihn. Wenigstens er ruht in sich selbst, nimmt die Dinge wie sie kommen und stellt keine großen Fragen.
Die beiden verspüren ein flaues Gefühl im Magen und beschließen nach brauchbaren Essensresten zu suchen. Tatsächlich finden sie sogar einige original verpackte Lebensmittel, die achtlos liegen gelassen wurden und die sich zum Verzehr noch wunderbar eignen. Zu ihrer Freude stöbern sie zusammen im eisigen Wind außerdem hart gekochte Eier auf und wenn man Hunger hat, schmeckt jedes Essen besonders gut. Während sie es sich an der frischen Luft schmecken lassen, erfährt Gertrude, dass Michael allein von Berlin nach Fehmarn getrampt ist und die Leute im Zelt gar nicht kennt. Spontan bietet sie ihm an „ Du kannst bis Hamburg bei uns mitfahren wenn du Lust hast."
Fredi ist sprachlos, er versteht nicht, dass Gertrude es gewagt hat, über seinen Kopf hinweg, diesem hergelaufenen Berliner einen Platz in seinem Auto zu versprechen. Er hat seinerseits dem Besitzer des großen Zeltes dasselbe zugesichert. Außerdem ist er enttäuscht, weil sie sich mit einem anderen Mann angefreundet hat. Das empfindet er ein wenig als einen Verrat gegen ihn. Er redet nur noch das nötigste mit Gertrude und findet – eigentlich passen sie überhaupt nicht zusammen, sie ist ihm viel zu spießig – aber das sagt er nicht.
Auf der Rückfahrt ist das Auto mit sechs Personen überbelegt. Erst als der Pockennarbige Timo und der knöcherige Jürgen unterwegs wieder aussteigen geht es. Alle sind nur noch müde und die Stimmung bleibt schlecht.

Gertrude und Fredi sprechen inzwischen kein Wort mehr miteinander.
Am Hauptbahnhof trennen sich alle. Fredi fährt nach Haus, der Großzeltbesitzer steigt in die Bahn und Michael bleibt bei Gertrude, die ihm die Stadt zeigen soll, er kennt sich nur in Berlin aus. Im Prinzip hat sie das Lokal nur vom Hörensagen ausgewählt, es soll momentan der Treffpunkt überhaupt sein. Sie gehen ins ''Clock twelfe``. Vor dem Eingang brennt eine rote Lampe. Hinter der Tür sitzt Uwe und passt auf, dass kein Schlipsträger in die Räume kommt. Uwe ähnelt einem XXXL Buddha, mit nackten tätowierten Oberarmen. Er ist ein Rocker, um seinen fetten Bauch hängt ein mit unzähligen Nieten besetzter Gürtel. Außerdem trägt er mehrere protzige Schmuckstücke, wirkt wie ein Panzer im Stillstand und ist die Seele des ''Clock Twelfe``. Das ist eigentlich nur ein schmaler langer Raum mit bequemen Sitzen, an dessen Ende auf einer großen Leinwand Farbenspiele flimmern und dazu läuft endlos ` in the gat of Navida``.
Während Michael sich unter den gekifften Haschbrüdern die apathisch auf die Leinwand starren wohl fühlt, möchte Gertrude wieder weg und langweilt sich. Man kann kaum sein eigenes Wort verstehen, weil die Musik so laut ist und so dösen sie mit psychedelischen Bildern bis in die frühen Morgenstunden.
Um sieben Uhr fährt der Zug nach Berlin. Galant nimmt Michael seinen Hut mit breiter Krempe vom Kopf und verabschiedet sich „Mäuschen, bleib ein liebes Mädchen, ich komme wieder" und winkt aus dem fahrendem Zug in Richtung Heimat, um dort wieder ganz normal als Postbote zu arbeiten. Sehnsüchtig blickt sie der Eisenbahn

hinterher und möchte sich einfrieren lassen bis er wieder kommt. Am Ende steht man immer allein und verlassen auf einem Bahnhof. Morgen werde ich einen Hit singen - denkt Gertrude trotzig und dreht sich um.

10. KAPITEL: DAS GESTÄNDNIS

Schweren Herzens macht sie sich auf den Weg nach Haus. Sie plagt das schlechte Gewissen weil sie sich von Unterwegs nicht gemeldet hat. Andererseits hatte sie den Eltern mitgeteilt, dass sie bei Marina übernachten wollte. Obgleich sie auf leisen Sohlen in den Flur schleicht, schimpft der Vater sofort mit ihr „wo hast du dich jetzt schon wieder herumgetrieben? Da schuftet man nun den ganzen Tag, damit aus seinen Kindern eines Tages mal was Besseres wird und was ist der Dank, die Tochter treibt sich unterdessen mit fremden Männern herum." Während er ihr das vorwirft starrt sie ihm auf die Füße und antwortet kleinlaut „ich war doch nur bei Marina." „Papperlapap", fährt er ihr über den Mund „Marina hat doch selbst bei uns angerufen und wollte wissen, ob du aus der Kneipe wieder zurück bist, um sich zu entschuldigen; weil sie dich mit dem Typ allein gelassen hat."
Mutter mischt sich ein „du kannst dir nicht vorstellen, was wir uns für Sorgen um dich gemacht haben, Kind", und schiebt ihr Haarnetz umständlich über die Lockenwickler. „Ich bin in der Lage sehr gut allein auf mich aufzupassen", reagiert Gertrude widerspenstig. Ärgerlich stellt der Vater fest „ solange du bei uns lebst hast du auch entsprechend Rücksicht zu nehmen, ist das klar."
Irgendwie fühlt sich Gertrude in die Enge getrieben. Warum müssen die Eltern sie mit Vorwürfen bombardieren. Sie hätte ihnen gern vom Festival erzählt. Aber nun sollen sie eben die ganze Wahrheit erfahren, da sie ihr ja sowieso nichts zutrauen „ ich bin schwanger", platzt es eigensinnig aus ihr heraus. Darauf holt der Vater weit aus und gibt

ihr eine schallernde Backpfeife.

Die aufkommenden Tränen schluckt sie gekränkt herunter ihre Lippen dibbern und die Mutter versucht zu beruhigen, sagt „das wollte Papa bestimmt nicht." Weinend läuft Gertrude in ihr Zimmer und wirft sich auf das gemachte unbenutzte Bett.

Nachdem sich der Vater wieder etwas beruhigt hat erscheint er in ihrem Zimmer, setzt sich auf den Drehstuhl und verlangt „wir müssen reden." Gertrude schnieft in ihr Taschentuch und dreht sich zu ihm hin. Etwas gefasst will er von ihr wissen „wie stellst du dir eigentlich deine Zukunft vor, ein Kind kannst du dir doch gar nicht leisten." Ratlos zuckt sie mit den Schultern „ich weiß es nicht", gesteht sie. Vorwurfsvoll beugt er sich ein wenig nach vorn „Wir, Mutter und ich, haben dich immer davor gewarnt, so ein Lotterleben zu führen. Von uns hast du jedenfalls keine Hilfe zu erwarten. Von uns nicht." Die Mutter kommt hinzu und mischt sich ein „aber Horst, das können wir doch nicht machen, wir dürfen sie doch nicht auf die Straße setzen." „und ob wir dazu imstande sind, dies ist ein anständiges Haus, da gibt es keine unehelichen Kinder. Schluss jetzt, pack deine Sachen und sieh zu, wie du ohne uns zu recht kommst." Er zieht sich seinen Mantel an und verlässt die Wohnung, um in der Kneipe in Ruhe ein Bier zu trinken.

Noch unter Schock hakt die Mutter scheinbar Anteil nehmend nach „was hast du denn nun schon wieder angestellt, warum hast du nicht aufgepasst"? „Eigentlich wollte ich nicht, aber am Anfang war er nett, hat mir zugehört, mir Komplimente gemacht und wir saßen ja auf einer Parkbank unter freiem Himmel. Dann ging alles ganz schnell.

Ich weiß selber nicht warum ich mich darauf eingelassen habe, aber er war einfach stärker als ich", schämt sich Gertrude. Verständnislos schüttelt die Mutter den Kopf „du hättest aufstehen und gehen sollen." „ Wie kann ich es dir erklären", versucht sie sich zu rechtfertigen „ich bin quasi ins Wasser gesprungen, ohne Schwimmen zu können." „Ach", verschränkt de Mutter ihre Arme „und wir sollen dich an den Haaren ziehend da wieder raus holen. Wie stellst du dir das vor."
„Ich lerne Schwimmen."
„Nein, im Ernst", stöhnt die Mutter „ich weiß nicht weiter. Du hast uns enttäuscht. Vater hat ganz recht."
Trotzig, mit schnellen Schritten geht Gertrude zum Schrank und fängt an überstürzt einen Koffer zu packen.
„Dann ist es wohl am besten, wenn ich jetzt gehe."
Die Mutter nickt stumm mit dem Kopf und verlässt den Raum. Nur mühsam kann Gertrude ihre Tränen unterdrücken. Die Reaktion der Eltern hatte sie sich anders vorgestellt, hatte gehofft dass die sie unterstützen würden, gehofft auf Mitgefühl. Ist sie jetzt ein anderer Mensch, weil sie ungewollt in anderen Umständen herum läuft. Noch benommen nimmt sie nur das Notwendigste mit. Eigentlich will sie das fremde Kind nicht behalten. Das Schließen des Koffers jagt Angst ein, weil alles durcheinander geraten ist und sie keinen festen Boden unter den Füßen mehr spürt.
Beim Abschied steckt die Mutter etwas Geld in ihre Tasche, als ob sie in Urlaub fahren würde und bittet „Lass von dir hören und wenn du sonst noch Hilfe brauchst, wir sind immer für dich da. Vater wird sich schon wieder beruhigen."

Für einen Moment fehlen Gertrude die Worte, dann stammelt sie „Ich fahr zu Tante Ingrid nach Wiesbaden. Es wird schon gut gehen. Mach dir keine Gedanken" und Mutter seufzt „mein Gott, warum musste das alles so kommen." Der Satz klingt Gertrude noch lange hinterher.

Am Bahnhof löst Gertrude erstmal eine Fahrkarte. Bis der Zug abfährt hat sie noch viel Zeit und beschließt im Bahnhofsrestaurant etwas zu essen und bestellt sich Kartoffelpuffer. In einer älteren Zeitschrift entdeckt sie zufällig einen Artikel über Jimmy Hendrix und liest; Zunge am Steg. Aus unzähligen Lautsprechern dringt seine kosmische Musik. Im Hippidress mit Voodoo Ketten behängt gibt der Enkel eines Chirokesen auch in deutschen Konzertsälen ein Gastspiel. In seinem Sciencefiction Blues lässt er fliegende Untertassen akustisch landen und Steine von der Sonne fallen. Zu Expeditionen ins All, Atomexplosionen und dem Weltuntergang heult die Gitarre mit hundert Phon. Darüber hinaus reißt er die Seiten mit den Zähnen an, fährt mit der Zunge über den Steg, schleudert das Instrument auf den Boden und trampelt darauf herum. Wenn er ganz außer sich ist steckt er noch auf offener Bühne die zerstückelte Gitarre in Brand.
Die Kartoffelpuffer werden serviert. Sie schwimmen im Fett und haben einen grünlichen Farbton. Sie schiebt den Teller zur Seite, liest „Sein breit gefächertes Virtuosentum freilich zeigt Hendrix erst im Aufnahmestudio. Nach Ende der Tournee durch Deutschland, will er das Konzert Trio auflösen und vorwiegend nur noch im Studio arbeiten. „Vielleicht", sagt er in einem Interview „schreibe ich auch einen Science Fiktion Roman, auf einer einsa-

men Insel sitzend und werde dabei zuhören wie mein Bart wächst."
Schade denkt Gertrude, dass er auf Fehmarn seine Gitarre nicht verbrannt hat, wahrscheinlich war es wohl zu windig.
Ein untersetzter Mann, Mitte fünfzig, schiebt einen Stuhl zur Seite, und nimmt an ihrem Tisch Platz. Er dreht nervös den Aschenbecher hin und her. Als er sieht welchen Artikel Gertrude gerade liest mischt er sich ein „Wissen sie schon das Jimmy Hendrix gestorben ist"?
Sie faltet die Zeitung zusammen, und belehrt den älteren Herrn „Sie müssen ihn verwechseln. Vor kurzem habe ich ihn sogar noch auf der Bühne gesehen, da war er Quicklebendig. Nein, nein sie täuschen sich"
Der Mann beharrt „Es kam gerade in den Nachrichten. Er soll an einer Überdosis Schlaftabletten gestorben sein. Angeblich hatte die ihm seine Freundin besorgt. Eine Tablette hätte gereicht, er hat neun genommen und ist an seinem Erbrochenen erstickt."
Geschockt blickt Gertrude auf das Foto neben dem Artikel und wiederholt sich „das kann doch nicht wahr sein, so mitten aus dem Leben. Unter dem Foto steht ein Kommentar zu seiner Musik, in dem Hendrix ganz einfach erklärt „ich spiele Farben", und sie wünscht sich im Nachhinein, dass sie besser zugehört hätte. Nur weil es regnet verlässt man nicht gleich ein Konzert. Nichts ist wiederholbar und Jimmy Hendrix ist tot.

Der Mann sagt „er war ein großer Musiker, schade." Gertrude sieht ihn sich genauer an. Seine Haare sind dünn, und spärlich grau am Hinterkopf. Unter den Augen hän-

gen dicke Tränensäcke, die Lippen sind schmal mit herunter gezogenen Mundwinkeln.
Sein Blick schweift dauernd zur Eingangstür, als ob er verfolgt würde und behauptet „wissen sie, sie erinnern mich an meine Tochter, der sie ähnlich sehen", ohne Übergang wird er familiär und erzählt „Sie lässt sich neuerdings nackt fotografieren, meint das wäre künstlerisch wertvoll. Verdient jetzt gutes Geld, braucht keine Steuern zu bezahlen aber ihr Freund ist eine faule Socke. Die beiden leben zusammen in einem verfallenen Gartenhaus. Als ich ihnen finanziell helfen wollte hat sie mich ausgelacht „Papa, ich fühle mich gut, ich bin jung und gesund, was kümmert es dich" und damit dieser Mann seine Hände nicht schmutzig machen muss, hat sie sich einen Jagdschein besorgt. Er braucht bloß mit den Fingern schnippen und sie geht für ihn anschaffen. Was meinen sie, was würden sie an meiner Stelle tun. Ich kann doch nicht zusehen wie sie ins Unglück rennt."
Gertrude zuckt mit den Schultern und greift sich einen Kartoffelpuffer. Der schmeckt wie er aussieht. Kauend überlegt sie eine Antwort und stellt fest „seien sie froh das sie nicht schwanger ist. Das ist schlimm. Meine Eltern haben mich deswegen raus geschmissen." „Aber nein", wird der Mann rührselig „das wäre doch wunderbar, etwas besseres kann ich mir nicht vorstellen. Sie können stolz auf sich sein." „Naja", wird Gertrude leicht verlegen „das ist eben Ansichtssache, genau wie bei ihrer Tochter, die muss ihre Erfahrung schon selber machen."
Der Mann rückt den Stuhl vom Tisch und starrt wieder zur Tür, sagt eher zu sich selbst „Früher war sie so ein liebes fröhliches Mädchen. Wir hatten nie Ärger mit ihr,

wir haben sie verwöhnt, ihre Wünsche erfüllt und dann kommt dieser Lümmel daher und macht alles kaputt. Der hat schon eine Frau gehabt, ist geschieden. Er meint er hätte es nicht nötig den ganzen Tag für einen Hungerlohn zu schuften."

Plötzlich geht die Eingangstür auf und ein Strahlen geht über sein Gesicht. Die Tochter kommt ihn abzuholen. Sie ist eher klein, trägt das Haar streng zurückgekämmt, hat eine Brille, Kassenmodell, ist ungeschminkt und macht einen total konservativen Eindruck „hallo Papa, geht es dir gut" sagt sie und gibt ihm einen Kuss auf die Wange, wobei sie Gertrude keines Blickes würdigt. „Wir gehen jetzt Einkaufen, meine Tochter braucht ein paar neue Schuhe", nickt er fast entschuldigend mit dem Kopf, während sie ihn zur Eile drängt. Gertrude hört noch wie er zu der Tochter im Weggehen sagt „wusstest du, dass Jimmy Hendrix heute gestorben ist."

Angespannt sieht Gertrude auf die Uhr. Langsam wird es auch Zeit den Bahnsteig aufzusuchen und sie lässt die Kartoffelpuffer stehen ohne zu bezahlen. Es ist ein Endbahnhof und die Gleise führen alle in eine Richtung. Dort ist es zugig kalt und dunkel.

Mit gemischten Gefühlen muss sie an Fredi denken. Er hätte sich ruhig nochmal melden können. Was hatte er noch gesagt – am Hauptbahnhof sich selber finden ist schwierig, es ist einfacher sich im stillen Kämmerlein mit Alkohol zu ersaufen und sich fallen zu lassen. Die biedere Tochter kommt ihr in den Sinn – die nicht arbeiten will, aber den Männern die Samen aus der Hose saugt.

Die das Freiheit nennt und der Papa darf die Schuhe bezahlen. – und sie ärgert sich über sich selbst, weil sie nicht besser aufgepasst hat.

11. KAPITEL: BAHNFAHRT NACH WIESBADEN

In der Bahn findet sie schnell einen freien Platz. Eine sehr dicke Frau mit ihrem dünnen Mann setzen sich auf die Sitze gegenüber hin. Während sich die Dicke ächzend niederlässt entfährt ihr ein unangenehmer Geruch von hinten. Entschuldigend begrüßt sie anschließend Gertrude herzlich, mit dem Kopf nickend und einem breiten Grinsen. Für die Reise hat sie sich extra schön hergerichtet, die Lippen rot angemalt und das spärlich dünne Haar nach vorn gekämmt. Ihr Mann sitzt kerzengrade daneben wie der tapfere Zinnsoldat. Sie redet ununterbrochen, stöhnt „ich kann mich nicht mehr richtig bewegen", versucht nach der Fernsehzeitschrift zu greifen die über dem silbernen Müllbehälter abgelegt wurde. Dabei rutscht die Zeitschrift ihr aus der Hand und fällt auf den Boden, wo sie liegen bleibt. „Ja, ja so ist das wenn man Rheuma hat und ich werde auch nicht jünger. Aber ich habe ein gutes Leben gehabt. Jetzt kann ich nicht mal mehr die Zeitung aufheben." Allerdings, ihr Mann reagiert nicht und sieht zum Fenster raus. Sie wartet vergeblich darauf das er ihr hilft, er bleibt stocksteif und blickt stoisch weiter aus dem Fenster, bis sie schimpft „mein Gott Hans nun tu doch mal was"!

Eine ebenfalls korpulente Frau kommt ins Abteil, packt außer Atem ihren Koffer hoch in die Ablage und nimmt Platz. Völlig geschafft schließt sie kurz die Augen. In diesem Moment stößt die dicke Frau ihren Mann in die Seite und zeigt auf die scheinbar Schlafende mit der Bemerkung „Kuck mal, wie fett die aussieht."
Der Mann wirft einen kurzen Blick hinüber, antwortet

jedoch nicht und hebt die Zeitschrift auf bevor er wieder aus dem Fenster guckt.
In Bargteheide steigen die Beiden aus. Ein gut betuchtes Ehepaar setzt sich auf die frei gewordenen Sitze. Die Frau strömt eine derart durchdringende Parfümwolke aus, dass Gertrude von dem Geruch schlecht wird. Vergeblich versucht sie sich zu entspannen.
Friedlich gleitet die Landschaft neben ihr vorüber. Städte verschwinden im Nichts. Wälder, Wiesen und grasende Kühe wiederholen sich unverändert. In Gedanken versunken beschließt Gertrude das Kind zur Adoption freizugeben. Auf sich allein gestellt fühlt sie sich nicht in der Lage es groß zu ziehen. Sie sagt sich immer wieder; dass es die beste Lösung ist und vielleicht kriegt es reiche Eltern die nicht nach Parfüm stinken.
Quietschend stoppt der Zug an einem Bahnhof und das Abteil leert sich. Der betuchte Mann hilft der korpulenten Frau den Koffer aus dem Bord zu holen und sie bedankt sich höflich.
Gertrude atmet auf und lehnt sich erleichtert zurück. Jemand schmeißt seinen Rucksack achtlos auf die Bank. „Ist das hier der Zug nach Wiesbaden" erkundigt sich derjenige. „Ich glaube schon", antwortet sie. Er setzt sich und kramt aus dem Rucksack eine kleine Flasche Selters, die er in einem Zug halb leer trinkt und anschließend zufrieden rülpst. Eine Weile fahren sie schweigend weiter. Schließlich bietet er ihr auch einen Schluck aus seiner Flasche an, den sie entschieden ablehnt. Er sieht noch sehr jung aus, hat dunkelblondes Haar, braune Augen, ist mittelgroß und trägt eine verwaschene Cordhose zum grünen Pullover. „Wohnen sie auch in Wiesbaden. Ich muss

dorthin um meinen Wehrdienst anzutreten. Das ist vielleicht bescheuert", erklärt er vertraulich. „Man kann doch verweigern, warum hast du das nicht gemacht", duzt sie ihn einfach. „Weil ich eine hohe Ablösesumme bekomme, wenn ich mich vier Jahre verpflichte nur deshalb habe ich das unterschrieben."

„Dann bist du auch selber schuld, da kann ich dir nicht helfen, ganz schön blöd." „Aber du, du hast den Durchblick, oder was", reagiert er gereizt und trinkt die Selters leer." „Ich würde mich jedenfalls nicht vier Jahre freiwillig beim Bund verpflichten", betont sie. „Das kann ich jetzt auch nicht mehr rückgängig machen" und es entsteht eine betretene Pause. Während sie umständlich in ihrer Tasche nach einem Schokoriegel kramt, bietet er ihr spontan an „was ist, willst du meinen Rucksack geschenkt haben er ist ganz neu und beim Bund brauche ich ihn bestimmt nicht. Ich könnte ihn dir bei meinem ersten Freigang vorbei bringen." Perplex sieht sich Gertrude den Rucksack genauer an. Die Marke wollte sie schon immer haben, war ihr aber bisher zu teuer und schwarz ist zeitlos. „Okay", stimmt sie zu „wenn du ihn mir unbedingt schenken willst, bitte."

Etwas später kommen sie in Wiesbaden an. Dort stellt sich heraus, dass das Haus von Tante Ingrid im Vorort außerhalb der Stadt liegt. Der Bundeswehrsoldat begleitet sie ungefragt. Während des langen Fußmarsches unterhalten sie sich über die Beatles. Er bringt sie noch bis vor die Wohnungstür und verabschiedet sich mit dem Versprechen „Ich komm bald vorbei. Ich heiße übrigens Karl Schnöde" und winkt mit dem Rucksack der noch mit seinen Sachen gepackt ist.

12. KAPITEL: DAS GELBE HAUS

Ingrid empfängt Gertrude mit gelben Farblecken im Gesicht und an den Händen. Sie ist die wesentlich jüngere Schwester der Mutter, groß gewachsen, hat einen kurz geschnittenen Bubikopf und trägt eine schwarze Brille. Gertrude bezeichnet sie als Lieblingstante, fast wie eine Freundin. Vor kurzem hat sich die Tante mit ihrem Mann, Wolfgang genannt Wulf dieses ältere renovier bedürftige Haus gekauft. An diesem Tag, als Gertrude ankommt, hatten die beiden gerade die Fassade gelb gestrichen. Was Ingrid besonders viel bedeutet, denn Gelb stellt ihre Lieblingsfarbe dar, die Farbe der Sonne.
Da Ingrid und Wulf keine Kinder bekommen konnten, freuen sie sich über jeden Besuch und Gertrude wird herzlich aufgenommen. Am Abend stoßen sie gemeinsam in gemütlicher Runde, mit einem Gläschen Sekt auf den gelungenen Anstrich der Hauswände an. Dabei beichtet Gertrude, dass die Eltern sie vor die Tür gesetzt haben, weil sie schwanger ist und will wissen, ob sie eine Zeitlang im Gästezimmer wohnen kann.
„Natürlich kannst du bleiben, das Haus ist groß genug, aber", gibt Ingrid zu bedenken", hättest du nicht besser versuchen sollen dich mit deinen Eltern zu einigen"? „Du kennst doch Papa" erinnert Gertrude „wenn dem was nicht passt flippt er gleich aus, wie ein wild gewordener Stier. Für den bin ich wie ein rotes Tuch." „Ja aber", will Ingrid wissen, wie stellst du dir vor wie es in Zukunft weiter gehen soll." Laut überlegend gibt Gertrude zu „ich habe keine Ahnung. Nein wirklich, bisher haben immer meine Eltern entschieden. Fleißig, höflich, sauber – lerne

was, dann bist du was - . Nur nicht aus der Reihe tanzen. Das ich mich für Musik interessiere bezeichnen sie als ein brotloses Hobby." „Dabei fällt mir ein" unterbricht Ingrid „kennst du das Lied von dem Mann, der lieber abwartet bis andere das Paradies gefunden haben, der dann nachkommen will und solange lieber nichts unternimmt." Daraufhin hat Gertrude erstmal keine Antwort, dann rechtfertigt sie sich „ich weiß, ich lebe nicht im Schlaraffenland", und einstweilen bröckelt die Lieblingstante ab.
Wulf hat bisher schweigend an seiner Pfeife genagt. Jetzt hat er genug von dem Frauenkram und schaltet den Fernseher an. Klopft mit der Pfeife auf den Tisch, stopft gemächlich neuen Tabak in die Öffnung, zündet ihn an und zieht den Rauch durch die Lunge. Es läuft ein schwedischer Film mit historischem Hintergrund. Ein Geächteter antwortet dem Pfarrer auf die Frage; ob er sich fürchte „ich habe keine Angst vor dem jüngsten Gericht, denn ich bin nicht mein Werk." Am Ende geht der Geächtete langsam immer tiefer ins Meer, weil er mit sich selbst nicht einverstanden ist und verschwindet in den Wellen. Woraufhin Wulf genüsslich den Rauch wieder auspustet und trocken bemerkt „Das macht doch keiner. Natürlich bin ich, ich bin doch nicht, nicht ich" und alle müssen lachen über das Wortspiel.
Später als sie im Bett einschlafen will kriegt sie die Scene nicht aus dem Sinn wie der Geächtete im Meer versinkt und grübelt darüber nach in wieweit man nicht sein Werk ist. Irgendwas stimmt da nicht, die Gedanken drehen sich ständig im Kopf herum. Bin ich nicht oder? Um sich abzulenken erinnert sie sich an den versprochenen Rucksack und schläft mit gemischten Gefühlen ein. Träumt,

dass sie im Unterhemd mitten auf einem Marktplatz steht und singt. Die Menschen halten sich die Ohren zu. Tapfer trällert sie weiter, alle wenden sich ab. Die Töne bleiben ihr im Hals stecken. Nur ein kleiner Junge kommt auf sie zu. Er reicht ihr die Hand, sieht sie mit großen Augen mitleidig an und sagt „du kannst gar nicht singen."

Am nächsten Morgen sitzt Ingrid weinend am Küchentisch. Anteilnehmend will Gertrude wissen was passiert ist. In der Hand hält Ingrid einen zerknüllten Zettel den sie herüber reicht, wobei sie erklärt „die Leute die hier wohnen wollen kein gelbes Haus in ihrem Bezirk. Es passt nicht in die Landschaft wird behauptet. Haben in der Nacht überall an die Hauswand weiße Farbe geschmiert. Alles wurde ruiniert und sieht schrecklich verwüstet aus." „Das dürfen die doch nicht einfach machen. Schließlich ist das euer eigenes Haus" empört sich Gertrude" ihr dürft es streichen wie ihr wollt." „Das findet Wulf auch" schnäuzt Ingrid in ein Taschentuch „und ich habe mir heute Morgen extra frei genommen um die weiße Farbe wieder gelb zu übermalen. Wir lassen uns doch nicht unter kriegen." Aber ein mulmiges Gefühl bleibt. Spontan bietet Gertrude ihre Hilfe an und so machen sich die beiden für den Kampf gegen die weißen Farbkleckse an das Werk.

Während fleißig alles wieder beseitigt wird erkundigt sich Gertrude „weißt du vielleicht wo ich vorübergehend einen Job finden könnte"? Überrascht taxiert Ingrid sie von oben bis unten. Ingrid arbeitet in einer Werbefirma die Verbraucherumfragen durchführt. „Wenn du Lust hast kannst du bei meiner Firma anfangen. Du brauchst nur Leute dazu auffordern einen Fragebogen zu beantworten, der ein bisschen Zeit in Anspruch nimmt und die Person die sich damit einverstanden erklärt ins Büro führen. Den Rest erledigen die anderen Mitarbeiter. „Das hört sich ja gut an, das schaff ich doch mit links", freut sich Gertrude „und das Beste ist; man erhält den verdienten Lohn noch am selben Tag gleich ausbezahlt", versichert Ingrid.

Am nächsten Tag ist das Haus gelb geblieben, die Sonne scheint, alle sind glücklich. Erfolgreich verdrängt Gertrude die Tatsache, dass sie schwanger ist, verschiebt eine Entscheidung auf irgendwann. Jetzt steht sie mitten in der Stadt, vor einem riesigen Gebäudekomplex auf dem Gehweg. Die Menschen eilen an ihr vorbei, während sie verloren mitten drin auf und ab geht. Auf was hat sie sich bloß eingelassen. Ihre Aufgabe besteht darin für einen Test mit Bier Männer anzusprechen, die verschiedene Flaschen ansehen und beurteilen sollen. Damit heraus gefunden wird, welche sie kaufen würden. Dafür muss sie Männer aus unterschiedlichen Altersklassen finden die gern Bier trinken. Das steht ihnen aber nicht auf der Stirn geschrieben.

Den ganzen Tag läuft sie Männern hinterher und fragt „Haben sie vielleicht etwas Zeit einen kleinen Test mitzumachen", da gehen schon die meisten wortlos, ablehnend mit dem Kopf schüttelnd weiter. Wenn endlich einer stehen bleibt, trinkt er leider kein Bier oder möchte vorwiegend wissen „wie lange dauert das Ganze"? sie lächelt und sagt „bei ihnen geht das sicher ganz schnell." Schnell bedeutet aber eine dreiviertel Stunde. Diese Auskunft ist den Meisten zu ungenau und nur ganz wenige kann Gertrude zu diesem Test überreden.

Ein junger Mann bleibt freiwillig stehen und lächelt sie

an. Er trägt einen langen wehenden Mantel, schulterlanges Haar, sieht aus wie ein Hippie und fragt „kann ich dir irgendwie helfen"? „Wenn du Bier trinkst, gerne", antwortet sie spontan. Er verneint, er trinkt Alsterwasser. „Schade", sagt sie und geht einen älteren, dicken Mann ansprechen, der ohne sie zu beachten weiter schreitet. Da sie insgesamt am Abend nicht genügend Personen überzeugen konnte, wird sie für den nächsten Tag nicht mehr gebraucht. Enttäuscht verlässt sie das Gebäude.

13. KAPITEL: KOMMUNE DER FREUNDSCHAFT

Vor der Tür steht der Hippie und spielt Jo-Jo. Als er sie sieht geht er an ihrer Seite, wie ein guter Bekannter neben ihr mit und lädt sie ein, schlägt vor „Wir könnten bei mir eine Tasse Tee trinken. Ich wohne ganz in der Nähe mit ein paar Anderen zusammen, uns verbindet die Suche nach dem Glück. Vielleicht sind noch einige Mitbewohner wach und leisten uns Gesellschaft."
Er gefällt ihr und sie fühlt sich von so viel Aufmerksamkeit anerkannt, ist neugierig wie es in einer Kommune aussieht und will wissen „ wie ist es mit Freundschaft bei euch." „Es gibt keine festen Bindungen untereinander. Jeder kann mit jedem, wenn er Lust hat. Gute Gespräche sind uns wichtiger. Ein Mann sollte bei einer Frau nicht gleich ans Bett denken" und Gertrude glaubt ihm jedes Wort.
In der Wohnung herrscht Stille. Der Flur ist mit Silberfolie ausstaffiert worden. Kreuz und quer liegen Schuhe auf dem Boden. Gertrude legt ihre dazwischen und geht an einem Raum vorbei in dem aneinander gereiht nur Matratzen liegen. Sofort schließt er die Tür und zeigt ihr sein Zimmer. Dort stehen drei Betten, in einem schnarcht tief und fest ein Mitbewohner. Davor brummt ein Heizstrahler auf vollen Touren.
Schnell verschwindet er in der Küche, setzt Wasser auf. Abwartend setzt Gertrude sich auf sein Bett und stellt verwundet fest, dass ein Fernseher in der Ecke steht, hört den Teekessel pfeifen und beobachtet den Schnarchenden. Schließlich serviert der Hippie den Tee, hockt sich neben sie und fängt an zu erzählen „Weißt du, im Moment ist

zwar keiner da, aber wir haben gemeinsam viele Pläne. Zum Beispiel haben wir gerade ein Projekt laufen, in dem jeder Bewohner ein und dieselbe Situation, von seinem eigenem Standpunkt, darstellen soll. Außerdem möchte ich ein Buch über das Leben in der Kommune schreiben."
„Das wird bestimmt ganz spannend", bewundert Gertrude ihn. „keiner kann sich vorstellen, wie schwierig es ist, mit mehreren Leuten auf engsten Raum auszukommen. Wir sind eigentlich alle sehr verschieden."
„Aber es ist doch auch gesellig", stellt Gertrude fest. „Manchmal möchte man für sich allein sein, kann allerdings die Tür nicht einfach so zumachen", klagt er, sie nickt mit dem Kopf, während er weiter spricht „Der Meister, der hat ein Buch geschrieben, ´Das Glück im Rausch´´, trotzdem bekommt er öfter einen hysterischen Anfall, kreischt, will alles kaputt schlagen, dreht völlig durch. Er muss dann festgehalten und beruhigt werden." Gebannt hört Gertrude zu. Dem Meister möchte sie lieber nicht begegnen. „Möchtest du noch etwas Tee", bietet der Hippie an" und angelt nach der Kanne. Während sie den Tee trinkt versucht sie zu scherzen „hoffentlich ist der Meister heute friedlich."
„Da kannst du ganz beruhigt sein, er hat sich gerade in einen Schauspieler verliebt. Nicht das er schwul ist, nein, da ist bei ihm die seelische Verwandtschaft im Vordergrund. Seine Liebesbeziehung findet auf geistiger Ebene statt. Er meint das sind magische Kräfte bei ihm die losgelöst werden und sich in der Sphäre verbinden."
Der Schnarcher hat einen Aussetzer, seufzt und dreht sich zur anderen Seite. Unruhig erhebt sich der Hippie „lass uns nochmal schauen ob der Meister und die Anderen in-

zwischen zurück sind", Neugierig folgt ihm Gertrude hinterher. Im Zimmer mit den Matratzen ist niemand, außer einem Paar, das gerade lautstark bumst.
Um die beiden Liebenden nicht zu stören, setzen sie sich nochmals auf sein Bett. Der Tee ist inzwischen kalt und diesmal berührt er ihre Schulter, sieht sie mit melancholischen blauen Augen sehnsüchtig an und sagt „ich mag dich wirklich, verstehst du, deshalb möchte ich dich glücklich machen" und fängt an sie zu küssen, verspricht dabei erneut „du wirst glücklich sein."
Aber seine Küsse haben einen fahlen Beigeschmack. Ohne seine Hippiekleidung hat er Spinnenbeine und einen kleinen Bauchansatz. Gekonnt schiebt er ihre Hose nach unten und verspricht das gleich die Glückseligkeit eintritt. Die lässt aber auf sich warten, stattdessen öffnet sich die Tür.
Der Meister schlendert ins Zimmer, nur mit einem Pullover bekleidet und unten ohne. Er ist eher klein, drahtig mit Vollbart, außerdem hat er eine hohe Stirn und wirkt leicht abwesend. „Geht es euch gut", sagt er, bleibt einen Augenblick stehen, erklärt „ich will euch nicht aufhalten", verschwindet auf leisen Sohlen.
Als wäre niemand im Raum gewesen bemüht sich der Hippie weiter um Gertrude. Aber selbst der Heizstrahler hat mehr Feuer. Schon nach kurzer Zeit lehnt er sich zurück und will von ihr wissen „hast du es auch gespürt."
Letztlich war er am Ende nur klebrig, wenn er das Glück nennt haben sie die ganze Zeit aneinander vorbei geredet. „Ich glaube ich habe zu viel Tee getrunken. Mir ist übel", antwortet sie verstimmt. Er hört schon gar nicht mehr richtig hin, sondern erhebt sich und meint „einen

Moment, ich bin gleich wieder da, will nur hören, was der Meister wollte."
Als er zurück kehrt macht er ein betroffenes Gesicht, sagt „der Meister hat einen Tripper eingefangen und wollte fragen, ob ich ebenfalls irgendwelche Symptome verspüre, außerdem hat er mich gewarnt, dass ich mich im Bad vorsehen soll, vor allen Dingen auf dem Klo." Jetzt reicht es Gertrude endgültig, sie kann nicht mal mehr zur Toilette gehen, obwohl sie müsste.
Einen Tripper, so eine gefährliche Geschlechtskrankheit, das hat ihr gerade noch gefehlt. Hektisch verabschiedet sie sich von dem Hippie, sucht im Flur ihre Schuhe aus dem Haufen und verschwindet. Sie hat wehende Mäntel und Kommunenleben mit Freiheit verwechselt, dabei sind die auch bloß stinknormal – denkt – hoffentlich habe ich mich nicht angesteckt und atmet an der frischen Luft tief durch.

14. KAPITEL: NOTLÜGEN

Beim Arbeitsamt versucht Gertrude nochmal sich über ihre Möglichkeiten zu informieren. Wie überall auch dort, kahle Gänge die mit Bohnerwachs poliert wurden, endlose Türen der Bürokratie. Dazwischen kleine Inseln mit Sitzgelegenheiten und geduldig wartende Menschenschlangen. Gertrude bekommt die Nummer 74 und setzt sich auf einen Stuhl. Gerade wurde die Nummer 63 aufgerufen. Sie blickt in die Runde der anderen Arbeitssuchenden. Alle starren ins Leere und warten angespannt darauf dass sie aufgerufen werden.
Zimmernummern - Protokolle – pausenloses klingeln der Telefone – Telefone mit ausschwenkbaren Armen – Behördenmief – und lange Wartezeiten.
Frauen im formlosen undefinierbaren Alter, mit sozial strengen Gehabe bitten die Nummern herein. Eine nach der anderen wird hereingebeten. Jedesmal steht jemand voller Erwartung auf. Die meisten kommen geknickt und enttäuscht wieder aus der Tür und es vergeht stets etwas Zeit bis die nächste Nummer an der Reihe ist. Nach einer gefühlten Ewigkeit wird Gertrude ins Zimmer verlangt.
„Sie wünschen bitte, was führt sie zu uns" blättert die Beamtin geschäftig einen Aktendeckel auf, „setzten sie sich doch" zeigt sie auf einen Stuhl.
„Ich möchte eine Ausbildung machen und mich beraten lassen." Noch ist die Frau freundlich „An welche Berufsparte hatten gedacht"?
„Eigentlich möchte ich gern eine Musikschule besuchen oder irgendwas mit Musik jedenfalls."
„Wie bitte"!

„Ich singe eben gern", fügt Gertrude verunsichert hinzu. Das Telefon klingelt dazwischen. Die Frau nimmt geschäftig den Hörer ab.
„Ja, bitte – ach so" sie wühlt suchend in ihren Unterlagen „einen Moment", sagt sie, legt den Hörer auf den Schreibtisch und geht zu Herrn Meinart um ihm mitzuteilen „Herr Meinart ein Herr Troll hat für sie angerufen." Geschäftiges Getuschel folgt. Erneut greift sie zum Telefonhörer „Hallo, - hören sie, - ja das würde gehen." Sie verabredet etwas und legt den Hörer auf. Unvermittelt antwortet sie Gertrude „Da können wir ihnen leider nicht weiter helfen. Wissen sie eigentlich, wie viele Arbeitssuchende von der Musikschule zu uns kommen und keine Arbeit finden. Höchstens ein Prozent schaffen es davon zu leben. Wir können ihnen aber eine Lehrstelle als Buchhalterin vermitteln, vorausgesetzt bei ausreichender Bildung.
Sie blättert in ihrer Kartei, anschließend holt sie eine Karte heraus, während sie weiter empfiehlt „am besten sie stellen sich bei der Adresse, die auf der Karte steht erstmal vor und danach sehen wir weiter. Eine einfache Tätigkeit, mehr kann ich im Moment leider nicht anbieten"; Sie steht auf und bemüht sich zu lächeln „ich wünsche ihnen jedenfalls viel Glück" und damit ist Gertrude entlassen.
Auf der Straße sieht sie sich den Zettel vom Arbeitsamt genauer an. In roten Buchstaben steht die Adresse geschrieben, wo sie sich melden muss um die Stelle zu bekommen. – Was soll das - denkt sie enttäuscht, Fabrikarbeiterin, da kann ich genauso gut Putzfrau werden, da brauche ich wenigstens nicht am Fließband stehen.

Sie zerreißt den Zettel und wirft ihn in den nächstbesten

Papierkorb. Kurz darauf überlegt sie es sich anders und holt den Zettel wieder heraus.

Die angebotene Arbeit entpuppt sich für Gertrude als unzumutbar.
In einer stickigen Halle muss sie Kleider auf Bügel hängen, Pullover auf Bügel hängen, Hosen hängen, Blusen hängen die von einem Fließband im Minutentakt ankommen. Den ganzen Tag stark riechende imprägnierte Kleidung und Bügel auf Fließbandstange hängen. Schon nach kurzer Zeit fällt es ihr schwer den Arm zu heben. Der Tag will und will kein Ende nehmen. Am Abend lässt sie sich das Geld auszahlen und beschließt; nie wieder etwas auf einen Bügel zu hängen.
Danach versucht sie es als Propagandistin in Supermärkten und wirbt für fertige Kuchenteigmischungen. Sie spricht die vorbei laufenden Kunden an. Für jede verkaufte Packung erhält sie einen Zuschlag. Aber die Hausfrauen eilen an ihr vorbei und sie steht sich die Beine in den Bauch und verdient nichts.
Ernüchtert gibt sie auf sich um irgendwelche Jobs zu kümmern, von denen sie sowieso keine Ahnung hat.
Völlig überraschend erwartet sie Zuhause bei Ingrid Besuch. Eigentlich hatte sie vor ihre Koffer zu packen und woanders hinzufahren weil Ingrid und Wulf sie genauso nerven, wie ihre Eltern. Aber jetzt sitzt Karl am Küchentisch und trinkt eine Tasse Kaffee.
Verlegen bleibt Gertrude stehen und sieht Ingrid fragend an, die erklärt „ Ja, dein Freund ist gekommen um dir deinen Rucksack den du vergessen hast, zu bringen."
Leicht gereizt widerspricht sie „ er ist nicht mein Freund

und es ist auch nicht mein Rucksack." Karl stellt die Kaffeetasse auf den Unterteller zurück, steckt sich einen Keks in den Mund und erinnert „aber den wolltest du doch unbedingt haben" „ jetzt nicht mehr", antwortet sie entschieden und kann sich selbst nicht mehr verstehen. Was wollte sie mit einem Rucksack von Jemand den sie nicht mal kannte. Doch Karl bleibt hartnäckig „Ich habe mich extra beurlauben lassen um ihn dir zu bringen" und hält ihn demonstrativ in die Höhe. Das ist ihr peinlich. Ingrid bemerkt die Anspannung die in der Luft liegt und schlägt vor „Warum geht ihr nicht einfach mal eine Runde um den Block, dann könnt ihr sämtliche Missverständnisse dabei klären" und räumt das Geschirr vom Tisch.
Die beiden ziehen sich ihre Jacken über und gehen. Als er die Gartenpforte schließt wirft ihm Gertrude vor „wie kommst du dazu dich bei meiner Tante einzuschleimen. Das ist mehr als frech." Er reagiert gar nicht auf das was sie ihm unterstellt sondern bemerkt „findest du auch, dass das Haus deiner Tante ein bisschen zu grell in gelb gestrichen wurde." Verblüfft über diese Kritik verteidigt sie ihre Tante „ Ne, gelb wie die Sonne, ist doch eine schöne warme Farbe" und erzählt, wie gemein die Nachbarn reagiert haben. Er hört ihr aufmerksam zu, lässt sie reden. Mittendrin fängt es an zu regnen, ein Gewitter zieht auf und grummelt in der Ferne.
Eilig suchen sie unter einem Mauervorsprung Schutz. Jetzt gießt es in Strömen. Schweigend starren sie auf die Regentropfen die auf die Straße prasseln. Gertrude beginnt zu frieren. Scheinbar schützend legt er seinen Arm um ihre Schulter um sie zu wärmen. Er muss daran denken, wie er sich, als er damals das Zugabteil betreten hatte und

sie sitzen sah, gleich in sie verliebt hatte und dachte, - die werde ich heiraten -. Jetzt ist sie so eng an seiner Seite das er ihr unbedingt noch näher kommen will. Zögernd gibt er zu „ich habe mich in dich verliebt" und berührt ihre Lippen. Sie denkt, das da jemand sich um sie sorgt, der ihr nah sein möchte, dem ihre Schwangerschaft egal ist, der bestimmt zu ihr halten und ihr helfen wird und sie lässt sich küssen. Für einen Moment ist alles um sie herum vergessen. Doch dann schiebt sie ihn zur Seite, weicht ihm aus, sagt „es regnet kaum noch, ich will zurück und fängt an zu laufen. Inzwischen ist das Gewitter fast über ihnen, donnert heftig, die schwüle Luft weicht einer kühlen Brise. Völlig außer Atem, betreten sie verschwitzt das gelbe Haus. Karl hat nur für den Nachmittag Ausgang bekommen und stellt entsetzt fest, dass er längst in der Kaserne sein müsste. Deshalb verabschiedet er sich nur mit einer flüchtigen Umarmung. Der Rucksack bleibt in der Küche liegen.

Später sagt Ingrid zu ihr „er ist ein Habenichts lass dich nicht auf ihn ein", aber da träumt sich Gertrude schon den Traum von der ganz großen Liebe die sich vielleicht entwickeln kann.

Am nächsten Morgen wird Gertrude durch ein heftiges Klingeln an der Tür geweckt und hört aufgebrachte Stimmen miteinander diskutieren. Verwundert steht sie auf und horcht an der Tür.

Ingrid liegt mit einem Nervenzusammenbruch auf dem Sofa. Die Hausfassade wurde wieder mit weißer Farbe beschmiert in Druckschrift steht darauf geschrieben – wir dulden keine gelbe Farbe- und Wulf ist empört wegen soviel Intoleranz.

Ein Nachbar ist gekommen. Er will sich für die Unannehmlichkeiten die Ingrid und Wulf jetzt haben entschuldigen „aber" sagt er „sie müssen das verstehen. Das geht nicht gegen sie persönlich. In unserer Gemeinde ist es Tradition, dass die Häuser eben neutral gestrichen werden. Es gibt dann ein harmonisches Gesamtbild „und das" lächelt er freundlich, „wollen wir doch alle." Wulf hat dafür kein Verständnis „Ich finde unser Haus passt sehr wohl in das Gesamtbild, es bringt Farbe hinein, das ist doch mal eine positive Abwechslung", schimpft er. „Ja, mir müssen sie das nicht sagen", weicht der Nachbar aus „von mir aus können sie das Haus auch grün streichen. Ich wollte ihnen nur mitteilen wie das hier läuft und das die nicht eher Ruhe geben werden bis das Haus weiß ist. Also nichts für ungut", verabschiedet sich der Nachbar und wiederholt „nehmen sie es bloß nicht persönlich, die Menschen hier sind ansonsten sehr umgänglich, nett und friedfertig."
Ingrid ist immer noch fassungslos und Wulf, der den Mann hinaus begleitet hat kommt wieder zurück und fragt „Was machen wir denn nun"? „Ich schaff das nicht mehr, Wulfi" gibt Ingrid klein bei „ich kann das nicht nochmal durchmachen" und er setzt sich zu ihr auf das Sofa, sie geben sich die Hände und bleiben schweigend nebeneinander sitzen.
Nach ein paar Tagen strahlt das Haus rundherum in weißer Farbe. Wulf hat sich extra dafür Urlaub geben lassen und es ganz allein überstrichen.

Es ist Samstag und Karl hat angerufen und sich erkundigt, ob Gertrude mit ihm ausgehen will. Jetzt wartet sie auf ihn aber er kommt nicht zum verabredeten Termin. Weil er sich beim letzten Ausgang zu spät in der Kaserne zurück gemeldet hat, wurde ihm kurzfristig eine Sonderschicht aufgeladen. Er besitzt nicht mehr die Möglichkeit abzusagen und Gertrude wartet vergeblich.

15. KAPITEL: ENDE UND ANFANG ZUGLEICH

Am Sontag klingelt er mit einem breiten Grinsen an der Haustür als hätte es nie eine Verabredung gegeben. Aber dann entschuldigt er sich doch noch damit, dass ihm eine Bestrafung aufgebrummt wurde.
„…und ich dachte schon du hast keine Lust mehr vorbei zu kommen", argwöhnt Gertrude, die sich freut das er sie in die Innenstadt zum Eis essen und ins Kino einlädt. Bei Ingrid herrscht im Moment eine angespannte Stimmung. Als Gertrude mit Karl das Haus verlässt, knallt sie mit voller Wucht lautstark die Außentür zu, um Ingrid zu ärgern.
„Oh", stellt Karl fest „schöne weiße Farbe, gefällt mir viel besser so" und Gertrude erzählt ihm auf dem Weg in die Innenstadt wie das ganze Drama um die Fassade am Ende ablief.
Die Eisdiele ist klein und kahl eingerichtet. Fünf einfache Tische mit unbequemen Plastikstühlen erwarten den Besucher. Die Eisportionen allerdings sind teuer. Da Karl sie eingeladen hat und großzügig fordert „such dir was Schönes aus, ich habe genug Bares zum bezahlen dabei, damit kann ich eine Fußballmannschaft durchfüttern", bestellt sie daraufhin den teuersten Becher mit Früchten den es gibt.
Im Geist zählt er sein Geld nach, denn er hat geglaubt, Eis essen ist billiger und nun muss er feststellen, für den Kinobesuch wird es nicht reichen. Naja, denkt er gelassen – da wird mir schon eine Ausrede einfallen, mir fällt doch jedesmal etwas ein. Sie darf auf keinen Fall merken, dass ich zu wenig Geld habe - .

Während Gertrude das Eis löffelt, erkundet sie sich wie es ihm bei seiner neuen Dienststelle gefällt. Darüber redet er aber nicht so gern, er ist schließlich noch in der Anfangsphase, und da sind Kilometermärsche mit Gepäck noch eine leichte Übung. Er sagt nur „Bestens, ich bin ja gleich einen Dienstgrad höher eingestuft worden, weil ich mich verpflichtet habe." Um von dem Thema abzulenken will er etwas über ihre Eltern erfahren und sie erzählt ausführlich wie engstirnig die auf ihre Schwangerschaft reagiert haben.

Plötzlich sieht er auf die Uhr und äußert „Schade, für das Kino ist es jetzt zu spät ich muss schnell zurück. Vielleicht kannst du mich ja zum Busbahnhof begleiten." Auf dem Weg dorthin fragt er „ hast du den Rucksack eigentlich noch" und schlägt vor „ wenn du ihn nicht haben willst kann ich ihn das nächste Mal wieder mitnehmen", verspricht „dann habe ich auch mehr Zeit." Der Bus fährt vor und sie verabschieden sich mit einem flüchtigen Kuss.

Allein auf dem Rückweg malt sich Gertrude die Zukunft in rosigen Farben aus.

Karl kommt tatsächlich öfter, sie bummeln durch die Stadt. Er klappert immer mit scheinbar viel Geld in den Taschen herum. Zum Monatsanfang lädt er Gertrude in ein teures Restaurant ein, was er sich eigentlich nicht leisten kann. Bei jeder Gelegenheit kauft er ihr eine rote Rose.

Heimlich schleichen sie in das Gästezimmer. Er hat ihr wieder eine Rose und eine Tafel Schokolade mitgebracht und liebäugelt „für mich bist du die tollste Frau der Welt." Sie lässt sich beeindrucken, aber er bleibt nicht bei der Wahrheit.

Er möchte ihr imponieren und übertreibt, gibt an, als sie auf ihrem Bett sitzen und die Schokolade naschen „ In meiner Klasse in der Schule war ich der Beste, kannst meine Mutter fragen, die hat nur gute Zeugnisse unterschrieben. Im Moment habe ich die Mittlere Reife, jedoch später kann ich noch das Abitur machen."
Gertrude bewundert seinen Ehrgeiz und hinterfragt seine Ausführungen nicht, im Gegenteil, sie glaubt ihm alles und vertraut ihm völlig. Großherzig beteuert er „du brauchst nicht arbeiten, ich verdiene genug Geld, du kannst dich auf mich verlassen", danach küsst er sie fummelt an ihr rum, verspricht „und später heiraten wir."
Gertrude gefällt die uneingeschränkte Aufmerksamkeit. Denkt sich nicht viel dabei wenn er in ihr Ohr flüstert „wenn du mich verlässt schneide ich mir die Pulsadern auf." Das hält sie für einen dahin gesagten Liebesbeweis so als würde er beteuern - ich lieb dich mehr als mein Leben. Deshalb hegt sie die Hoffnung, er wird ihr keine Bitte abschlagen und äußert den Wunsch „ich könnte das Kind doch behalten und wir kümmern uns gemeinsam."
Seine Gesichtszüge verändern sich unwillkürlich, davon will er nichts hören „wie stellst du dir das vor, bin ich ein Wohlfahrtinstitut für fremde Babys. Was denkst du denn wofür ich Arbeite. Du hast doch versprochen es zur Adoption frei zu geben und das ist gut so. Uns würde es viel zu sehr belasten. Frag doch deine Tante, vielleicht möchte die es haben." Gertrude ist enttäuscht, auf der anderen Seite kann sie ihn auch verstehen. Karl drückt sie fest an sich, versucht sie aufzurichten „du musst das doch einsehen, wir sind dafür noch viel zu jung, später können wir immer noch ein eigenes bekommen. Gräm dich nicht des-

wegen" und damit ist die Sache für Karl ein für allemal erledigt. Er schnappt sich seinen Rucksack und geht.
Ingrid passt es überhaupt nicht, wenn er da ist und die beiden im Gästezimmer verschwinden. Sie rollt empört mit den Augen und denkt sich ihr Teil. Es wird ihr jetzt alles zu viel was auf sie einbricht und Wulf geht das ganze hin und her auch gegen den Strich. Sie beschließen mit Gertrude zu reden.
Als Ingrid beobachtet wie Karl abrupt das Haus verlässt, bittet sie Gertrude ins Wohnzimmer zu kommen „So kann das nicht weiter gehen" wirft sie ihr vor. Wulf der gemütlich auf dem Sofa sitzt und wieder an der Pfeife hängt ergänzt „um ehrlich zu sein, das ganze wächst uns langsam über den Kopf!" Ingrid wischt sich die Hände an ihrer Küchenschürze ab „ich möchte meiner Schwester also deiner Mutter auch nicht in den Rücken fallen. Das du uns ein paar Tage besuchst ist okay, aber wir können uns nicht auch noch um das Baby kümmern."
Wie angewurzelt bleibt Gertrude stehen. Wulf räuspert sich „dazu sind wir schon zu alt, wenn wir von der Arbeit nach Haus kommen, möchten wir unsere Ruhe haben."
„Ja", wirft Ingrid ein „und du hilfst kein bisschen im Haushalt. Entweder liegst du faul in deinem Bett oder du treibst dich mit diesem hergelaufenen Kerl herum." „Wir finden es besser" sagt Wulf, zieht kurz an seiner Pfeife atmet wieder aus und fährt fort „wenn du zu deinen Eltern zurückgehst und dich in aller Ruhe mit ihnen aussprichst."
Wie ein begossener Pudel hat Gertrude stumm zugehört Jetzt bricht es mit Tränen wütend aus ihr heraus „das ist ungerecht ihr denkt nur an euch und wollt ständig bloß

nicht gestört werden. Ich hasse euch", und rennt ins Gästezimmer, wobei ihr der letzte Satz gleich wieder leid tut. Ohne zu wissen was sie tun soll, packt sie erstmal völlig geschockt ihren Koffer.
In Wiesbaden kann sie nicht bleiben. Außer ihrer Tante kennt sie niemanden dort. Weil sie kaum Geld hat muss sie es sich, für die Rückfahrt mit der Bahn von Ingrid leihen. Notgedrungen gibt die ihr den geforderten Betrag, aber die Stimmung bleibt auch beim Abschied eisig.

Es ist Alltag und da ist die Bahn nicht so voll. Entspannt lehnt Gertrude sich zurück, macht die Augen zu und überlegt, was sie jetzt unternehmen soll. Da sie auf keinen Fall zurück zu den Eltern will, beschließt sie Marina zu besuchen und nachzufragen ob sie eine Zeitlang bei ihr unter kommen kann. Sie malt sich aus, dass in dem kaputten Haus noch ein herunter gekommener Raum ist, den sie sich einrichten kann. Ihr Bauch wird allmählich größer, sie braucht eine feste Bleibe.
Schwangere Frauen sollen ja angeblich aufblühen, doch davon merkt sie nichts. Von wegen! Ihr knurrt der Magen, aber für zwei essen ist auf keinen Fall erlaubt, weil der Leibesumfang sonst zu dick wird. Genauso ist es mit dem Trinken, bei zu viel Flüssigkeit schwemmt der Körper auf, bei zu wenig trocknet er aus. Also nimmt sie den mitgenommenen Apfel aus der Tasche und isst ihn langsam kauend, wobei sie aus dem Fenster schaut, während die Landschaft an ihr vorüber fliegt.
Als sie endlich unangemeldet bei Marina eintrudelt, spielt die gerade mit ihrem großen schwarzen Hund. Freudestrahlend begrüßt sie Gertrude „das ist aber nett das du

mich besuchen kommst. Wie geht es dir"? „Den Umständen entsprechend", zeigt sie auf ihren Bauch. Marina fängt gleich an zu plappern „ich bin übrigens wieder Single. Mit dem Freund von Fredi das war nix, wir waren zu verschieden." „Das hat man gemerkt, mit Fredi ist es mir ähnlich ergangen, die beiden haben einfach zu viel geraucht", darüber sind sie sich einig. Der Hund will jetzt mit Gertrude spielen und springt sie an. Marina amüsiert sich darüber, aber Gertrude mag keine Hunde, hat Angst und schreit ein paar Mal „nimm ihn weg"! Erheitert wird der Hund zur Seite gezogen mit den Worten „Der tut doch nichts. Das ist ein ganz Lieber" und Marina fährt fort zu plaudern „ Ach wusstest du das Fredi sein Abitur nicht geschafft hat. Stattdessen macht er jetzt eine Banklehre. Voll spießig und so mit Anzug, Schlips und Kragen. Kannst du dir das vorstellen" Sprachlos schüttelt Gertrude mit dem Kopf „nein", sagt sie nur, berichtet kurz, was ihr bei Ingrid und Wulf passiert ist und stellt anschließend die Frage „kann ich vielleicht eine Weile bei dir wohnen, ich weiß sonst nicht wohin."

Ablenkend sieht Marina auf ihre Armbanduhr „Ach Herrje" weicht sie aus „ich habe meinen Termin beim Friseur fast vergessen, ich muss gleich los. Du kannst hier leider auf keinen Fall bleiben, es ist schon für meine Mutter und mich zu eng. Du solltest bei deinen Eltern unterkommen, die sind zu mir immer nett, ich weiß nicht was du gegen sie hast. Tut mir wirklich Leid, sorry, aber ich möchte mich noch umziehen. Wir sehn uns, tschau."

Damit ist Gertrude wieder auf der Straße und auf dem Boden der Tatsachen angelangt. Nach der ausdauernden Bahnfahrt und dem anschließenden Besuch, in den sie

so viel Hoffnung gelegt hatte, ist sie nur noch müde. Es bleibt ihr nichts anderes übrig als nach Hause zu gehen. Aber wie werden die Eltern reagieren.
In der Zwischenzeit will Karl Gertrude abholen. Im Kino läuft gerade der Film „Spiel mir das Lied vom Tod." Allerdings öffnet Ingrid abweisend die Haustür und klärt ihn kurz angebunden auf, sagt mürrisch, „Gertrude ist nicht mehr hier" und macht die Tür gleich wieder zu. Irritiert bleibt Karl stehen und klingelt noch einmal. „was willst du ich habe gesagt: sie ist nicht mehr da."
Blitzschnell stellt Karl den Fuß zwischen die Tür. „Was soll der Unsinn", schimpft sie und er bittet „dann geben sie mir wenigstens ihre Telefonnummer, damit ich sie anrufen kann." Notgedrungen schreibt Ingrid die Nummer von Gertrudes Eltern auf einen Zettel, überreicht ihn und klagt „hat man denn nie seine Ruhe."
Während Karl zur Kaserne zurückkehrt, tauchen Bilder aus der Vergangenheit auf die er vergessen möchte.
Er verbrachte seine Kindheit in einem Altbau, an einer stark befahrenen Straße, in der Innenstadt über einem Schuhladen. Andauernd ratterte die Straßenbahn vorbei und das donnernde Geräusch der schweren Lastwagen dröhnte auch nachts durch die Fenster. Die Räume sind sehr hoch und teilweise feucht gewesen, an den Wänden hingen kitschige Bilder und überall standen sperrige, alte Möbel. Im Wohnzimmer war ein großer Esstisch mit einer weißen Spitzentischdecke, die eine Obstschale zierte. Abends schmierte die Mutter für alle Häppchen mit Fleischsalat, Wurst und Käse, die die gesamten Familienmitglieder vor dem Fernseher verzehrten. Mutti schlief damals häufig davor ein und schnarchte geräuschvoll.

Sein Vater war Maurer und die Mutter Hausfrau, die stets eine abgetragene Kittelschürze trug um die übermäßigen Pfunde zu verdecken. Ihre Beine hatten dicke Krampfadern und die Füße wurden mit himmelblauen Plüschpantoffeln warm gehalten. „Ja, ja so ist das eben", stöhnte sie jedesmal wenn etwas schief lief und es lief oft etwas schief. Sie bemühte sich darum, das aus ihren Kindern was Anständiges werden sollte, aber die machten ihr nur Verdruss. Stimmt nicht ganz, der Jüngste, Dieter hatte gerade eine Stelle als Schuhverkäufer bekommen und kleidete sich stets adrett. Leider, zu ihrem Kummer war die älteste Tochter Gabi Kleptomanin, wenn ihr etwas gefiel steckte sie es ein, mit Vorliebe allerdings Geld.

Allerdings, am meisten Sorgen bereitete er ihr, das mittlere Kind. Er hatte die Eindruck alles handelte sich um ihn, Karl. Er war kein guter Schüler, er war eher ein schlechter Schüler gewesen und hat seine Zensuren oft gefälscht.

Sobald er dabei erwischt wurde hat die Mutter oft wiederholt geseufzt „Ja, ja so ist das eben, kleine Kinder, kleine Sorgen. Große Kinder, große Sorgen. Wer Karl hat braucht keine Feinde."

In der Ausübung ihrer Erziehungsmaßnahmen jedenfalls war sie nie zimperlich gewesen. Als sie einmal gerade den Fußboden wischte und er, der kleine Karl dreckig vom spielen diesen betrat, flog ihm gleich der Feudel um die Ohren und Mutti behauptet heute noch „ bei aller Liebe, das brauchte er. Wenn er nicht bestraft wurde, blieb er frech und aufsässig." Trotzdem hing er sehr an seiner Mutter, aber er lernte auch: mit ein paar Notlügen lebt es sich leichter.

Jetzt dient er bei der Bundeswehr und hat sich in ein

Mädchen verliebt, dass schwanger ist.
Entschlossen nimmt Karl den Zettel mit der aufgeschriebenen Nummer, schiebt ihn neben das Telefon und ruft dort an. Gertrudes Mutter meldet sich „Köcher" und er stellt sich nicht vor sondern will nur wissen „kann ich mit Gertrude sprechen." „Die ist nicht hier. Wer sind sie bitte, wenn ich fragen darf", erkundet sie sich. Karl legt den Hörer auf.
Nervös mit einem mulmigen Gefühl im Bauch betritt Gertrude ihr Zuhause. Die Eltern haben sie schon erwartet und beklagen gleich zur Begrüßung „Warum kommst du so spät. Tante Ingrid hat dich viel früher angekündigt." Gereizt antwortet sie „ihr kennt doch die Bahn, seit wann ist die schon pünktlich." Ohne viele Worte verschwindet Gertrude in ihr Zimmer und der Vater ruft ihr hinterher „Wenn du dich ausgeruht hast müssen wir miteinander reden. So geht das nicht, mein Fräulein. Tante Ingrid hat angerufen und uns alles über dein Verhalten erzählt. Auch über deinen neuen Freund." – Soll sie doch – denkt Gertrude und schließt die Zimmertür ab. Ihr fällt ein, dass sie Karl keine Nachricht hinterlassen hat, wo sie sich aufhält und er nicht ihre Adresse kennt. Doch schnell schiebt sie den Gedanken beiseite. Vielleicht tut ein Abstand erstmal ganz gut. Das Selbstwertgefühl ist ein Haufen Scherben. Dabei kommt ihr der Bruder in den Sinn, der geht auf das Gymnasium. Damit er sein Abitur einmal erhält, kriegt er Nachhilfestunden. „Du schaffst das schon, mein Junge", baut der Vater ihn auf. „Eine Ehrenrunde macht doch jeder. Im nächsten Jahr wird es bestimmt besser", tröstet die Mutter. Er wird auch im Misserfolg bestätigt. Er braucht auch nicht in der Küche helfen, weil das natürlich keine

Männerarbeit ist. Aber wo steht das geschrieben. Es gibt ja auch die Berufe Koch oder Tellerwäscher, vom Tellerwäscher zum Millionär, das wäre es doch für den Bruder. Bei ihr heißt es dagegen oft „das kannst du sowieso nicht."
Von Karl indessen erhält sie Anerkennung, er macht ihr den Hof, schenkt ihr Rosen und gibt ihr das Gefühl nach einer langen Reise, endlich angekommen zu sein. Das das alles auf einem Lügengerüst aufgebaut ist, ahnt sie nicht.
Am nächsten Nachmittag sitzen die Eltern gemütlich in der Stube auf dem Sofa bei Kaffee und Kuchen. Die Mutter hat extra einen Pflaumenkuchen gebacken. Nachdem der Vater das erste Stückchen aufgegessen hat, kommt er zur Sache „so, und du hast dich entschieden das Kind zur Adoption frei zu geben. Mutti und ich finden das sehr vernünftig. Auf diese Weise erhält es vielleicht Eltern die Verantwortungsvoll mit ihm umgehen und du bist in der Lage immer noch eine solide Ausbildung anzufangen."
Die Mutter unterbricht ihn „Tante Ingrid hat gesagt, du hast jemanden kennengelernt. Also der geht mir nicht ins Haus. Du bist Schwanger, das schickt sich nicht."
Gertrude versteht die Mutter nicht „was hat das mit der Schwangerschaft zu tun."
„Ganz einfach", mischt sich der Vater ein und das meint auch Tante Ingrid „der liebt dich doch nicht, der ist nur mit dir zusammen, weil er weiß, dass du aus einem guten Haus kommst" und nimmt sich noch ein Stück Kuchen.
Gekränkt erhebt sich Gertrude und protestiert „Aber ihr kennt ihn doch gar nicht." „Uns reicht was Tante Ingrid schon erwähnt hat", behauptet der Vater und die Mutter fügt hinzu „wir kümmern uns gern um dich, allerdings

der hat hier nichts zu suchen." Um des lieben Friedens willen, verspricht Gertrude, den Kontakt mit Karl vorerst zu meiden. „Der Pflaumenkuchen schmeckt wirklich gut, Mutti", sagt sie.
Die Tage werden wieder heißer. Gertrud schwitzt nur noch, auf ihrem Bauch bilden sich rote Striemen, als ob er platzen würde. Ihr Kreislauf ist schwach, sie schleppt sich durch die Tage. Liegt auf dem Sofa und sieht sich im Fernsehen die Wiederholung der Sissy Filme an. Am liebsten würde sie einen großen Sprung machen, es hinter sich bringen, besteht nur noch aus Körper. Manchmal überkommt sie Angst, dass das Kind in ihr stecken bleibt. Dazwischen klingelt ab und zu das Telefon, aber wenn Mutter den Hörer abnimmt meldet sich niemand.
Am errechneten Stichtag will das Baby noch nicht auf die Welt kommen. Erst fünf Tage später versspürt sie am späten Abend ein leichtes ziehen. Im Fernsehen läuft gerade Mutters Lieblingssendung ``zum Blauen Bock``, als Gertrude den Eltern mitteilt „ich glaube es ist soweit."
„Was" fragt die Mutter abwesend
„Es zieht", „Wo"? „Also wirklich, ich glaube die Wehen sind im Anzug." Die Mutter bleibt entspannt und beruhigt „das kann noch dauern. Erst wenn sie regelmäßig alle zehn Minuten eintreffen, fahren wir dich ins Krankenhaus" und sie sehen das Programm zu Ende. Immerhin lenkt es ein wenig ab und noch sind die Abstände länger, eher wie ein zaghaftes Anklopfen. Falls das so bleibt kann ich das gut aushalten, hofft sie und versucht zu schlafen. Aber einfach abschalten gelingt nicht. Ständig starrt sie auf die Uhr und kontrolliert die Wehen. Morgens um sechs weckt sie die Eltern.

16. KAPITEL: KRANKENHAUS MIT FOLGEN

Im Krankenhaus helfen die Eltern noch bei der Anmeldung, ehe sie sich verabschieden. Gertrude muss allerdings noch ein paar Fragen beantworten: Wann geboren, welche Krankheiten, wo gemeldet, bei wem versichert und bleibt es bei der Zusage zur Freigabe einer Adoption. Sie unterschreibt alles blind und hat ein Gefühl, wie wenn die Wehen wieder nachlassen, weil es nach Krankenhaus riecht.

Eine vierkantig aussehende Schwester bringt sie ins erste Stockwerk, befiehlt schroff „ziehen sie sich erstmal aus" und entschwindet. Ratlos bleibt Gertrude in einem Flur Ende stehen, glaubt sich verhört zu haben, sieht sich um und bleibt abwartend, angezogen stehen. Die Krankenschwester naht mit schnellen Schritten wieder, bleibt ungläubig vor ihr stehen und befiehlt im Kommandoton „was ist los, ich hab ihnen doch deutlich gesagt; sie sollen sich ausziehen. Also bitte ziehen sie sich endlich das Nachthemd an."

Während sie sich umzieht versucht Gertrude sich zu rechtfertigen „Ich dachte bloß", stottert sie „ich wusste nicht... wollte lieber warten." Kopfschüttelnd fordert die Schwester „dann beeilen sie sich jetzt." Nachdem Gertrude noch ein paar Fragen, zum Verlauf der Schwangerschaft beantwortet hat, wird sie in den kleinen Kreissaal geführt und muss sich im sauberen Nachthemd auf ein sauberes Bett legen. Ohne irgendwelche Anweisungen oder Ratschläge zu geben verlässt die Schwester den Raum.

Allein gelassen blickt sie auf einige steril wirkende technische Apparate, ansonsten ist alles kahl und weiß. Die

Wehen kommen inzwischen öfter und werden schmerzhafter, aber niemand kümmert sich um sie.
Endlich nach einer guten Stunde erscheint die Hebamme und zieht sich rosa Latex Handschuhe an „dann lassen sie mal sehen", sagt sie und untersucht Gertrude eingehend. „Der Muttermund ist erst ein paar Zentimeter geöffnet. Das kann noch lange dauern", stellt sie sachkundig fest. Die Hebamme ist klein, leicht dicklich, mit dunkelblonden kurzen Haaren und einer gelben Brille. Sie hilft Täglich ein zwei Babys auf die Welt zu bringen und es ist jedesmal ein bewegender Moment. Jede Geburt ist anders, aber wenn eine Mutter ihr Kind weggibt, aus welchen Gründen auch immer, dafür hat sie kein Verständnis. Ihre Arbeit macht sie trotzdem Gewissenhaft und rasiert erstmal die Schamhaare weg. Dabei beanstandet sie, das sich Gertrude zu sehr anspannt und warnt „wenn sie sich weiter so verkrampfen, ist das Kind heute Abend noch nicht da. Sie müssen viel lockerer werden, den Schmerz weg atmen. Haben sie denn keine Gymnastik gemacht"? Gertrude gibt zu, dass sie das versäumt hat, weil sie es nicht für erforderlich fand.
„Naja", verzieht die Hebamme den Mund „das muss letzten Endes jeder selbst entscheiden", wirft den einmal Rasierer in den Papierkorb und geht.
Abgeschieden im Kreissaal versucht Gertrude sich zu entspannen. Aber es gelingt nur mäßig, den Schmerz locker entgegen treten, wer kann das schon. Die Wehen werden qualvoller und schieben sich von hinten nach vorn. – Entspannen, locker bleiben, nicht verkrampfen – dudelt es in ihrem Kopf – andere Frauen schaffen es ja auch - die Schmerzen überfluten ihren Körper – trotzdem

gelöst bleiben - sich beruhigen – auch wenn es noch so weh tut.

Nach einiger Zeit überprüft die Hebamme erneut den Geburtsverlauf und bemerkt „es wird jetzt doch schneller gehen als ich angenommen habe." „Wie lange schätzen sie dauert es noch"? „ungefähr zwei, drei Stunden, wenn alles gut läuft."

Enttäuscht dreht sich Gertrude im Bett um. Eine ältere hagere Krankenschwester mit fliehendem Kinn und großer Nase kommt herein um nach dem Rechten zu sehen. Sie sieht die langen ungebundenen Haare und ordnet unwirsch an „Binden sie sofort ihre Haare zusammen, die sind viel zu lang. So können sie hier nicht liegen." Gertrude hat gerade eine Wehe und ringt nach Luft. Trotzdem, obwohl sie sich fragt, was das soll, antwortet sie „Ich habe gerade kein Haargummi dabei." Die Schwester beharrt darauf „so können sie nicht hier liegen." Gertrude protestiert „meine Haare sind doch frisch gewaschen."

Die Nase mit der Hand reibend überlegt die Schwester einen Augenblick, holt mit eiligen Schritten irgendein Band aus der Küche und will es umwickeln, da stöhnt Gertrude vor Schmerzen. Die Schwester sagt gelassen „ach das macht nichts, setzten sie sich ruhig mal auf damit ich die Haare zusammen flechten kann, das lenkt ab und ich mache ihnen auch eine schöne Schleife", als sie fertig ist betrachtet sie zufrieden ihr Werk „so sieht das schon mal viel besser aus", lobt sie sich selbst.

Die Hebamme hat sich in der Zwischenzeit ein paar Notizen aufgeschrieben und schlägt vor „wenn sie einverstanden sind können wir ihnen eine Spritze geben, so das sie

im letzten Teil der Geburt von den Schmerzen befreit sind."
„Wenn das möglich ist, gern" stimmt Gertrude erlöst zu, gleichzeitig hat sie das Gefühl, ihren Darm entleeren zu müssen „kann ich auf Toilette", fragt sie. Aber das geht jetzt nicht mehr, sie muss erst das Baby kriegen, sonst fällt es beim Pressen noch ins Klo. Die Schwester bringt eine Bettpfanne und schiebt sie ihr unter den Hintern. Blut, Schweiß und Tränen verbinden sich. Dabei wird ihr schlecht, die Wehen kommen kurz hintereinander, schlagen ein wie Blitz und Donner.
Plötzlich füllt sich der Kreissaal mit Krankenhauspersonal. Ein Arzt kommt an ihr Bett, will wissen ob es ihr gut geht und gibt ihr die Spritze. Noch verschwommen hört sie die Worte „es ist bald soweit", dann wird ihr schwarz vor Augen.
Von weit entfernt hört sie eine Stimme „Aufwachen" sagen. Die kantige Schwester steht an ihrem Bett und erkundigt sich „na, wie fühlen sie sich." Langsam kommt Gertrude wieder zu sich, noch benommen will sie wissen, ob alles gut abgelaufen ist und die Schwester bestätigt „sie haben ein gesundes, kräftiges Baby geboren. Mehr darf ich nicht sagen. Es wurde ja mit ihnen vereinbart, damit ihnen die Trennung nicht noch schwerer fällt, dass sie das Baby nicht sehen dürfen. Aber ich kann ihnen versichern; es ist bestens aufgehoben und versorgt", sie faltet die Hände und spricht leise ein Gebet. Nachdem teilt sie ihr noch mit „wenn Morgen bei der Visite festgestellt wird, dass alles in Ordnung ist, dürfen sie anschließend das Krankenhaus wieder verlassen."
Es gibt keine Tränen nur ein stumpfes apathisches vor

sich hin dämmern. Sie hat es eigentlich so nie gewollt. Hatte immer von einer intakten Familie geträumt, wollte es besser machen und nun hat sie ihr eigenes Kind verraten, war zu Feige. Im Prinzip hatte sie es auch nicht verdient. Suchend schaut sie sich, in dem kleinen Zimmer, in das sie gebracht wurde um. Ein Bett, ein Nachttisch, ein Schrank, ein Einzelzimmer.

Das Abendbrot wird viel zu früh hereingebracht. Durch die offene Tür hört sie Babygeschrei von den Müttern die ihr Kind behalten haben. Schließlich liegt sie immer noch auf der Entbindungsstation. Sie schlürft den heißen Kamillentee, isst sämtliche Brotscheiben und den Becher mit Apfelmus, obwohl er nicht schmeckt. Im Krankenhaus da existiert der Begriff Zeit für den, der im Bett liegt nicht. Da dreht es sich um Frühstück, Visite, Mittag, Kaffee und Abendbrot, da ist man nur eine Zimmernummer.

Mühsam versucht Gertrude aufzustehen und geht auf den langen Flur, der wie ausgestorben vor ihr liegt. Nur das Geschrei eines Babys ist zu hören und sie schlürft den Gang entlang um es sich anzusehen. Hinter einer Glasscheibe liegt in einem speziellen Bettchen ein kleines Neugeborenes.

Fasziniert betrachtet sie es und denkt – es könnte meins sein. Aber schon taucht eine Frau auf, im hellblauen Bademantel mit lockigen Haaren und hebt das Baby vorsichtig hoch. Anschließend erscheinen neugierig die Verwandten um das Neugeborene, durch die Scheibe schauend, zu würdigen.

Gertrude stellt sich an die Seite. Opa und Oma loben „das hast du toll gemacht Brigitte, er ist wirklich ein goldiges Kerlchen. Sieht sogar dem Opa etwas ähnlich", die kleine

Schwester findet „und die Händchen, meine Güte noch so winzig, nein ist das süß."

In dem Moment kommt die kantige Krankenschwester den Flur entlang und sieht Gertrude im Nachthemd stehen. Sie zieht sie von den Verwandten fort und spricht im gedämpften Tonfall „Was machen sie hier ohne etwas angezogen. Eigentlich dürfen sie sich in diesem Bereich nicht aufhalten, der ist lediglich für Mütter mit Kindern. Wieder in ihrem Zimmer im Bett klagt Gertrude über Schmerzen im Unterleib. „Das ist ganz normal", beruhigt die Schwester „aber wenn sie wollen, kann ich ihnen zur Nacht eine Schlaftablette bringen. Das Angebot wird dankend angenommen. Wirre Gedanken gehen ihr etwas später durch den Kopf – wie schaffen es Frauen ihr Kind auf dem Acker zu gebären und danach weiter zu graben oder auf der Flucht im Krieg oder heimlich in der Pause auf der Schultoilette und danach wabbelt der Bauch schlaff am Körper, das Fleisch bleibt zerrissen – denkt - nie wieder bekomme ich ein Kind - und weint, will endlich in den Schlaf versinken, das schlechte Gewissen hinter sich lassen, hofft das am nächsten Morgen alles besser wird.

Aber auch am folgenden Tag sind die unguten Gefühle noch da. Bei der Visite ist der Arzt mit ihrem Zustand allerdings zufrieden und sie kann nach Haus entlassen werden.

17. KAPITEL: DIE ALLTÄGLICHE HOCHZEIT

Auf einmal betritt Karl das Krankenzimmer und grinst „ hast du es gut überstanden"? Überrascht mustert sie ihn von oben bis unten „wo kommst du denn her. Wieso weißt du das ich hier liege"? „Deine Mutter hat es mir erzählt, als ich bei euch angerufen habe und da hat sie mich gefragt, ob ich dich abholen will. Soll ich ein Taxi rufen", bietet er an „oder wollen wir lieber ein Eis essen gehen. Ich habe auch eine Überraschung für dich."
Gertrude möchte eigentlich keinesfalls mehr nach Haus und obwohl sie Karl jetzt eine längere Zeit nicht mehr gesehen hat, ist eine gewisse Vertrautheit wieder vorhanden. Zusammen verlassen sie das sterile Krankenhaus. Gertrude ist noch sehr schwach auf den Beinen, aber eine kleine Eisdiele liegt gleich um die Ecke.
Beide spazieren Hand in Hand, durch einen milden Spätsommertag dorthin und spielen glücklich, „ Hast du mich auch ein wenig vermisst, warum hast du dich nicht gemeldet", will Karl unterwegs wissen. „Hallo", tippt Gertrude mit dem Finger gegen die Stirn „hast du vergessen, ich war schwanger." Schweigend betreten sie die Eisdiele und setzen sich in die hinterste Ecke wo es kühl und schummerig ist.
Mit einer Hand rollt Karl einen liegen gebliebenen Bierdeckel hin und her „übrigens, ich habe mich nach Pinneberg versetzen lassen, da bin ich mit der Bahn schnell in Hamburg. Stell dir vor, dort und jetzt kommt die Überraschung, habe ich eine kleine Wohnung in Aussicht." worauf Gertrude interessiert genau wissen will „hast du die Wohnung nun oder nicht."

Die Bedienung bringt mit schleppenden Schritten, Kaugummi kauend, das bestellte Spagetti Eis und kassiert gleich ab. Karl bezahlt großzügig, fangt an zu Löffeln und antwortet „Ich habe sie fest versprochen bekommen, allerdings", er nimmt ihre Hand, außerdem schaut er ihr tief in die Augen „die Wohnung wird lediglich an verheiratete Paare vermietet und ich hab den Vermieter informiert, dass du, als meine Frau, noch im Krankenhaus liegst" dabei wartet er gespannt auf ihre Reaktion. Dass der Vermieter nur an Ehepaare vermietet hat er sich bloß ausgedacht. Der Mietvertrag ist schon unterschrieben, was er unterschlägt, weil er Gertrude gern heiraten möchte bevor sie zusammen ziehen.
Gertrude ist überrascht, aber das ist die Lösung, denkt sie, - dann kann ich endlich frei leben, keine Eltern mehr die überflüssige Vorschriften bereiten. Dafür ein Mann der mich auf Händen trägt. - Trotzdem bleiben leise Zweifel. Sie kennt ihn ja kaum.
„Na was meinst du" drängt Karl auf eine Antwort und ergänzt „ von meinen Eltern können wir das Schlafsofa bekommen, sie wollen sich gerade ein Neues kaufen. Ich frage dich: „Willst du meine Frau werden? Ich verspreche dir ein glückliches Leben." „Wenn du mir das schriftlich garantieren kannst" lacht Gertrude. Karl reimt auf den Bierdeckel – für Gertrude ein glückliches Leben – und gibt ihr ihn würdevoll. „Du hast die Garantie vergessen", stellt sie fest. Obendrein notiert er noch Garantieschein darüber und unterschreibt. Als er den Bierdeckel erneut überreicht, sagt sie „ Ja." doch danach spürt sie mit einem Mal, die Anstrengungen der letzten Tage, ihr Körper fühlt sich an, wie gerädert. Sie schiebt die restliche Portion Eis

zur Seite und will nur noch in ihr Bett nach Haus. Karl geht zum Tresen und lässt ein Taxi für sie bestellen. Er fährt nicht mit, sondern muss zur Kaserne zurück.
Im Haus ist es still. Die Eltern sind gerade bei ihrem Wochenende Großeinkauf. Wie eine alte Frau schleppt sie sich die Treppe hinauf in ihr altes Zimmer.
Am nächsten Tag geht es schon wieder besser, aber sie muss sich noch schonen. Während der Mittagspause fasst sie sich ein Herz und teilt den Eltern mit; dass sie sich verlobt hat und Karl so bald wie möglich heiraten wird. „Seid ihr dafür nicht ein bisschen zu jung", gibt der Vater zu bedenken." Doch die Mutter schiebt seine Besorgnis zur Seite „ wir sind erleichtert und freuen uns, dass du endlich ein geordnetes, geregeltes Leben beginnst. Es war zwar nicht nötig gewesen, das Kind gleich wegzugeben, aber du hast es ja nicht anders gewollt. Wir hoffen inständig, dass du dir den Richtigen ausgesucht hast." Erbittert hört Gertrude der Mutter zu. Sie möchte schreien - nichts hab ich so gewollt.- Stattdessen hört sie den Vater vorschlagen „am besten wir vergessen das Geschehene" und alle drei umarmen sich förmlich. Es ist als wäre sie nie schwanger gewesen.

Am Wochenende erscheint Karl, um mit ihr Ringe zu kaufen. Sie suchen sich ein paar breite, auffällige teure Ringe aus, als Zeichen ihrer Liebe. Allerdings fehlt Karl jetzt das Geld für einen Anzug. Er ist völlig pleite, aber das verheimlicht er vor Gertrude. Zumal er nur ein geringes Einkommen erhält, was sie auf keinen Fall erfahren soll. Endlich ist der große Tag gekommen. Die Feier findet nur im engsten Familienkreis und im Standesamt, nicht in der

Kirche, statt. Trotzdem ist Gertrude ziemlich aufgeregt. Sie sitzt auf einem harten unbequemen Stuhl neben Karl und hört der Standesbeamtin zu, wie sie einen kleinen Vortrag über den Sinn der Ehe hält. Am Ende aller Formalitäten unterschreiben sie, sagen sie „Ja ich will", tauschen sie die Ringe und dürfen sich küssen.
Gertrude trägt ein weißes kurzes Hängekleidchen, das die Mutter ihr nach der Vorlage eines Schnittmusters für ein Sommerkleid genäht hat und fühlt sich darin äußerst unwohl. Als ob sie in einem Sack steckt. Karl der neben ihr steht trägt einen schicken nagelneuen Anzug. Den haben Gertrudes Eltern bezahlt, weil er sie darum gebeten hat. Dass er sich das Geld dafür leihen musste, wird erstmal still schweigend übergangen.
Eltern und Geschwister, Wolf und Ingrid gratulieren herzlich. Jeder bemüht sich besonders nett zum Anderen zu sein.
Die Mutter hat inzwischen das gute Geschirr aus der Schrankwand im Wohnzimmer gedeckt, darunter liegt eine weiße Decke aus Papier, fällt aber kaum auf, hat sogar Verzierungen im Aufdruck.
Als alle am Tisch sitzen lobt Karls Mutter „Die Schwarzwälder Kirschtorte schmeckt wirklich lecker, hast du die selbst gebacken Erika." „Selbstverständlich", bestätigt Gertrudes Mutter stolz „du kannst das Rezept haben, wenn du willst." „Der Kaffee ist auch eigentlich genau auf den Punkt", wirft Ingrid ein, „aber, wenn es dir nichts ausmacht, hätte ich lieber einen Kamillentee, weil mein Magen mir Probleme macht. Das war alles zu viel für mich in letzter Zeit" nebenbei schildert sie warum sie ihr Haus dreimal gestrichen haben und lobt plötzlich, völlig

aus der Luft gegriffen „Gertrude war uns dabei eine große Hilfe."

„Sind die beiden nicht ein hübsches Paar", stellt Karls Mutter daraufhin fest." „Wenn ich bedenke, dass die jetzt Erwachsen sind und ihre eigene Wohnung haben, kommen mir die Tränen" sagt Gertrudes Mutter Erika gerührt. Zustimmend ergänzt der Vater „Ja, ja wie die Zeit vergeht, gestern war sie noch ganz klein und hat aus Matsch Kuchen gebacken." „Weißt du noch", erinnert die Mutter „wie sie die Haare von ihrem Lieblingsteddy aufessen wollte."

„Karl", mischt sich seine Mutter ein „hat der Lehrerin in der ersten Klasse kleine Liebesbriefe geschrieben, dass müssen sie sich mal vorstellen… mein Gott, haben wir damals darüber gelacht. Ein anderes Mal, am Muttertag, wollte er unbedingt ins Kino, ich glaube da lief irgendein Western oder so, na ist ja jetzt auch egal, jedenfalls hatten wir es ihm verboten. Daraufhin hat er sich heimlich, still und leise aus dem Küchenschrank Geld genommen, verbreitet; er will einen Freund besuchen und ist jedoch ins Kino geschlichen. Als er wiederkam habe ich ihn zur Strafe ins Bett gesteckt."

„Ach ja", seufzt Erika, „ so ist das eben mit den Kindern, haben nichts als Flausen im Kopf. Einmal hat Gertrude im Nachbars Garten aus einem Beet sämtliche noch unreifen Wurzeln raus gerissen, weil die Tochter des Hauses behauptet hat; das ist Unkraut, das muss weg. Der Nachbar hat Wochenlang nicht mehr mit uns gesprochen."

Gertrude sind die Worte der Mutter peinlich, aber sie lacht „ das würde ich heute selbstverständlich nicht mehr tun."

Jetzt lachen alle und Karls Mutter legt besitzergreifend

den Arm um ihn und beteuert „er ist doch mein bestes Stück", während ihr Ehemann der neben ihr sitzt scheinbar immer kleiner und schmächtiger wirkt. Mit hochrotem Kopf lenkt Gertrude von sich ab „Ich finde es jedenfalls gut, dass Karl noch sein Abitur nachmachen will." Die Mutter lässt ihren Sohn abrupt los und gibt ihm einen Stups in die Seite „davon weiß ich gar nichts, wie soll das denn funktionieren, er hat ja noch nicht einmal die Mittlere Reife. Aber wenn er meint, dass das irgendwie geht, dann wird es wohl stimmen, er war immer ein guter Bub", tätschelt sie seine Wange und Karl senkt verlegen den Kopf. Dessen ungeachtet behauptet er steif und fest „hast du vergessen Mutti, ich mach das alles beim Bund nach", damit war für ihn die Sache erledigt. Allerdings kommen Gertrude das erste Mal Zweifel an seinen Worten. Aber hey, sie will sich die Hochzeit jedenfalls nicht verderben lassen.

Die Ehe macht aus einem Fräulein eine Frau, das Ziel aller Mädchenträume, der edle, goldene Ritter auf dem weißen Pferd, danach kommt das endlose Glück. Das kann man in jedem Lore Roman nachlesen.

Obwohl sich die Gäste bemühen, es will trotzdem keine richtige Stimmung aufkommen. Etwas verspätet aber gut gelaunt erscheint noch Karls Schwester Ursula mit Ehemann Günther. Sie entschuldigt sich gleich, dass sie es nicht eher geschafft haben. Aber vor dem Elbtunnel war wieder ein dermaßen langer Stau, eine einzige Geduldsprobe.

„Möchte noch jemand ein Tässchen Kaffee", fragt Mutter Erika dazwischen und Ursula lässt sich etwas einschenken. Sie ist im achten Monat schwanger und freut sich schon riesig auf ihr Baby und jeder nimmt Anteil, will wissen wie es ihr geht, außer Gertrude die mit verbitterter Miene zuhört als Ursula erzählt „wir haben schon sein Zimmerchen eingerichtet, von der Windel bis zum Baby Bett ist alles vorhanden, fehlt nur noch der Kinderwagen. Dabei isst sie ein Stück Kuchen nach dem anderen. Anschließend als sie damit fertig ist, steht sie auf und sieht sich ausführlich die Hochzeitsgeschenke, die auf einer Anrichte liegen an. Mit einem Blick entdeckt sie einen Umschlag auf dem steht - für das Brautpaar – hört die Gäste laut lachen, greift mit flinken Fingern danach und geht damit auf das Klo. Der Umschlag ist noch offen. Neugierig zählt sie die Scheine, steckt das Geld in ihre Tasche, füllt die entsprechende Menge Toilettenpapier, fein akkurat geknickt in den Umschlag zurück und klebt ihn zu.

Wulf und Ingrid verabschieden sich, sie haben einen langen Heimweg „das nächste Mal bleiben wir ausgiebiger, versprochen. War nett wieder mit euch zu plaudern. Bleibt gesund."

Für Karl und Gertrude wird es auch langsam Zeit. Sie haben vor die neue, eigene Wohnung zu beziehen. Ehe sie aufbrechen nimmt der Vater Gertrude zur Seite und meint nachdenklich „hoffentlich wird es mit euch keine Schwierigkeiten geben. Ich zweifle daran, ob er der richtige Mann für dich ist."

So etwas möchte Gertrude nicht hören „Karl verdient genug für uns beide und will nach der Zeit beim Bund Betriebswirt werden." „Du träumst", weist der Vater sie zurecht", wach endlich auf „dein Mann hat sich von uns sogar das Geld für seinen Hochzeitsanzug bezahlen las-

sen. In meinen Augen ist er ein Blender, ich kenne die Menschen von ihrer schlechten niederen Seite, ich war schließlich in Gefangenschaft."
Bevor er weiter reden kann naht Karl indessen und drängt zum Aufbruch „Der Bus fährt gleich, er wartet nicht auf uns." Die Geschenke lassen sie vorerst auf der Anrichte zurück, aber den Briefumschlag mit den Geldbeiträgen steckt Gertrude schnell noch ein. Unterwegs kriegt sie die Worte des Vaters nicht aus dem Kopf. Wieso denkt er so negativ von Karl, er kennt ihn doch kaum und kann das was er gesagt hat kaum glauben.
Als sie endlich erschöpft im Bett liegt möchte sie nur noch schlafen, aber Karl will seine ehelichen Rechte vollziehen und die Hochzeitsnacht ist eine Enttäuschung. Karl benutzt sie wie einen Besitz, ohne auf sie einzugehen befriedigt er seine Bedürfnisse. - Der Tag ist einfach dumm gelaufen – denkt sie und dreht sich um.
Am nächsten Morgen sieht sie sich die Wohnung genauer an. Es ist eine Dachwohnung, direkt über einer Kneipe und es gibt nur das eine Zimmer in dem auch das Bett steht und eine etwas größere Küche mit einem Essensplatz. Das Bad ist in die Dachschräge so verwinkelt eingebaut worden, dass man kaum stehen kann. Es hat nicht mal eine Luke. Etwas enttäuscht bemüht sie sich die Wohnung schön zu reden, schließlich hat die einen ansehnlichen Blick aus dem Fenster im Wohnraum, über die Umgebung.
Auf dem Küchentisch liegt noch unberührt der Briefumschlag mit dem Hochzeitsgeld. Gertrude möchte von dem Geld die Hochzeitsreise machen und wenn noch etwas übrig bleibt ein paar Gesangsstunden nehmen. Verwun-

dert bemerkt sie, dass der Briefumschlag zugeklebt ist, öffnet ihn vorsichtig um nachzuzählen wie viel zusammen gekommen ist. Doch der Umschlag ist leer nur jede Menge Toilettenpapier.

Fassungslos dreht sie ihn hin und her, es ist kein Geld mehr vorhanden. „wer macht denn so etwas gemeines", sagt sie vor sich hin und Karl der inzwischen aufgestanden ist und hinter ihr teilnehmend zuschaut hat gleich einen Verdacht und bekennt „ich vermute, dass meine Schwester die Hand dabei im Spiel hat. Sie stiehlt schon öfter mal Sachen die sie gerade braucht. Leider kann man ihr nie etwas beweisen, sie streitet stets alles ab, das Geld kannst du vergessen." „Der Start ins neue Leben fängt ja gut an, das du das einfach so geschehen lässt, warum hast du nicht besser aufgepasst" sagt Gertrude wütend und zerreißt das Papier.

Die Unterkunft bleibt auch eng, obwohl sie dauernd die wenigen Möbel umstellt die Karl vom Boden seiner Eltern mitgebracht hat. Kurzentschlossen malt Gertrude die alten Kommoden weiß an, damit alles größer wirkt. Karl versteht sie nicht, er findet es übertrieben, die Wohnung total ausreichend und belustigt sich über ihren Eifer.

Schneller als gedacht holt Gertrude der graue Alltag ein. Eigentlich will sie doch Sängerin werden und jetzt wohnt sie in der Provinz und muss den Haushalt bewältigen. Das Essen, der Abwasch, die Wäsche, der Einkauf, das macht sich nicht von allein.

Sie schiebt also den Braten in den Backofen und geht Besorgungen machen. Als sie wieder kommt ist die ganze Wohnung voller Rauch und es stinkt. Der Braten ist verschmort. Wenigstens hat sie noch eine Rhabarbersuppe

als Nachspeise anzubieten. Karl kommt hungrig von der Arbeit. Der Braten ist ungenießbar, also steckt er einen vollen Löffel von der fruchtigen Suppe in den Mund. Angeekelt spuckt er alles sofort auf die schöne neue Tischdecke und schimpft „du hast Zucker mit Salz verwechselt. Willst du mich vergiften?"
Dabei haben ihr die Eltern zur Hochzeit ein dickes Kochbuch geschenkt, was sie aber nicht benutzt. Beim nächsten Mal nimmt sie den Braten zu früh aus dem Backofen und beim Aufschneiden ist der Teller voller Blut. Auf das Salzen der Speisen verzichtet sie deswegen vorsichtshalber ganz. Alles schmeckt nach Margarine. Das einzige was ihr gelingt sind Bratkartoffeln mit Spiegelei. Karl beschwert sich über das eintönige Essen, hat schon das Gefühl eine Bratkartoffel zu sein. Wenn er abgespannt von der Arbeit nach Hause kommt, möchte er was Anständiges zum Essen haben und dann gibt es wieder Bratkartoffeln. Er stöhnt „sag mal, was kannst du eigentlich", sieht die unaufgeräumte Wohnung und meckert „die feine Dame ist sich wohl zu schade um sauber zu machen. Man kann hier ja keinen Schritt tun ohne über irgendwas zu stolpern."
Seine schlechte Laune ist ansteckend. Beleidigt rechtfertigt sich Gertrude „Was kann ich dafür wenn die Wohnung so klein ist, da ist nirgends Platz zum einräumen." „Du könntest die Kommoden benutzen, statt sie mit weißer Farbe zu ruinieren", schreit Karl sie an. Er ist stinksauer. Den ganzen Tag lief alles schief. Er hat die Lastkraftwagen Führerschein Prüfung nicht bestanden. Somit kann er erstmal jegliche Beförderung vergessen und dann kommt er nach Haus und es gibt schon wieder Bratkartoffeln. Das ist zum aus der Haut fahren und er beschwert sich,

„du liegst den ganzen Tag faul auf deinem Bett, während ich arbeiten muss. Wenn ich nach Haus komm, will ich es ordentlich haben und ein genießbares Essen vorfinden."
Sie verteidigt sich „die Kommoden sind schon mit deinen Sachen vollgestopft. Was soll das, ich koche, wasche die Wäsche, kaufe ein und räume auf so gut es geht. Das ist anstrengend genug." Karl hört ihr gar nicht zu und beschwert sich weiter „du hast den ganzen Tag Zeit. Das bisschen Bewegung schadet dir nicht. Du kannst doch nicht den ganzen Tag tun wozu du gerade Lust hast."
Kleinlaut sagt sie „Ich geb mir immerhin Mühe."
Er fängt an zu toben, holt den Teller mit den fettigen Bratkartoffeln, hält ihn aufgeregt unter ihre Nase „Nennst du das etwa Mühe geben" und schmeißt den Teller samt Inhalt auf den Boden, so das alles zerstreut herumliegt. Derart Jähzornig hat Gertrude noch nie Jemanden erlebt. Wie gelähmt bleibt sie vor den in Scherben liegenden Bratkartoffeln stehen.
Dagegen greift er hinterher seelenruhig nach seiner Jacke und wünscht „Guten Appetit, ich fahr zu meiner Mutter etwas Vernünftiges essen, da gibt es heute nämlich Rouladen. "
Sie sammelt den Tränen nahe, erstmal die Scherben auf und schwört sich – nie wieder mache ich Bratkartoffeln mit Spiegelei -.

18. KAPITEL: ALLES LÜGE

Als Karl wieder die Wohnung wieder betritt hat er eine Rose in der Hand und entschuldigt sich „ich weiß auch nicht, was in mich gefahren ist. Es tut mir Leid und kommt nicht wieder vor. Natürlich kannst du dir den Tag einteilen wie du willst. Wenn es kein Essen gibt, schmier ich mir eben eine Scheibe Brot."
Erleichtert verzeiht Gertrude, glaubt, dass das nur ein einmaliger Ausrutscher war, ist nur allzu bereit den Streit zu vergessen und stellt die Rose in eine leere Flasche.
Aber Karl verändert sich. Er ist nicht mehr so aufmerksam und zuvorkommend wie vor der Ehe. Den Kavalier von einst, den kann sie mit der Lupe suchen. Er lässt seine Kleidungen überall herumliegen und erwartet von ihr, dass sie Ordnung schafft.
Sie regt sich über sein Verhalten auf, will nicht wie ihre Mutter werden. Während sie seine Socken zu der Schmutzwäsche wirft, meckert sie „Ich bin doch nicht deine Putzfrau. Ich soll alles aufräumen und du schmeißt deine Sachen irgendwo hin. So geht es nicht weiter." Allerdings versteht er kein Wort, weil er den Fernseher eingeschaltet hat, um sich in der Sportschau die Fußballergebnisse anzusehen. Er ist HSV Fan mit Leib und Seele.
„Bring mir mal ein Bier", fordert er und lässt sich vor dem Bildschirm hängen. Jedoch nicht lange, denn sein Verein hat das Rückspiel gegen Dortmund eins zu null verloren. Seine Laune verschlechtert sich zusehends, „wo bleibt mein Bier", wiederholt er und als Gertrude es ihm reicht, will er sie an sich ziehen. Ihr ist nicht nach Nähe, sie stößt die Hand weg und meint gereizt „Lass mich in

Ruhe, mir ist übel."
Die neue Freiheit ist wie die Alte in die sie sich selbst mitgenommen hat. Jeden Tag dieselbe Leier, zwischen Abwaschen, Einkaufen, Aufräumen, Tagein Tagaus. Wenn sie darüber klagt, antwortet Karl bloß „such dir eine Arbeit, dann hast du keine Zeit für solche überflüssigen Grübeleien, was willst du, dir geht es doch gut." Letzten Endes sitzt sie friedlich wieder neben Karl auf dem Sofa, isst mit ihm Häppchen und sie sehen sich im Fernsehen den Tatort an.
Die Idylle der Gewohnheit. Hauptsache das Essen schmeckt.
Am nächsten Morgen sortiert Gertrude Dokumente der Hochzeit in das neue Stammbuch ein. Beim Überprüfen der Unterlagen fällt ihr zufällig das Abgangszeugnis von Karl in die Hände. Es ist kein gutes Zeugnis und er hat weder Abitur noch mittlere Reife. Alles was er über seine Pläne angegeben hat, alles Lüge. Fassungslos fällt ihr das Papier zu Boden.
In bester Stimmung kommt Karl von der Arbeit etwas früher nach Hause. Sofort stellt sie ihn zur Rede „ich habe dein Zeugnis gefunden, du hast mir von einem ganz anderen Schulabschluss erzählt und mit guten Noten angegeben. Nichts davon stimmt", hebt das Papier wieder auf und hält es ihm als Beweis unter die Nase.
„Was hast du in meinen Unterlagen zu schnüffeln", sagt er wütend und greift nach den Papieren. „Ich habe überhaupt nichts von der Schulbildung erwähnt, du verwechselst da was. Außerdem hast du in meinen Papieren nichts zu suchen."
„Das war rein zufällig, ich wollte lediglich das Stamm-

buch sortieren, da ist das Zeugnis irgendwie dazwischen geraten", rechtfertigt sie sich. Karl weicht aus. „Das ist doch total unwichtig welchen Schulabschluss man hat. Ich weiß gar nicht warum du dich so anstellst." Ernüchtert setzt sich Gertrude auf einen Stuhl, fühlt sich hintergangen und beharrt „du hast mir etwas vorgespielt, mich belogen und ich habe dir alles geglaubt."

Genervt von den Vorwürfen schmeißt Karl das Zeugnis in die unterste Schublade und flüchtet mit der Ausrede „ich muss Mutti noch beim Gardinen aufhängen helfen." Das Vertrauen zu ihm hat einen derben Schlag bekommen. Aber jeder hat eine zweite Chance verdient und vielleicht übertreibt sie es ja mit der Genauigkeit und außerdem – denkt Gertrude -- hat er das eventuell nur behauptet, weil ich es hören wollte. - Also stellt sie keine Ansprüche mehr und schweigt. Doch die Zuneigung leidet. Während er im Bett sofort in den Himmel schießt, bleiben bei ihr die Gefühle auf der Strecke.

Sie gewöhnt sich an die tägliche Gleichförmigkeit und das er sie gebraucht wie einen Haushaltsgegenstand und er wirft ihr vor das sie sich verhält wie ein eiskalter Engel. Alle ihre Bedürfnisse verlieren sich im beständigen Trott. Wie jemand, der ein besonders schönes Urlaubsziel sucht, an den herrlichsten Landschaften vorbei fährt und in der Wüste mit Motorschaden stecken bleibt.

Außerdem hat sie die Schwangerschaft mit dem anschließenden weggeben des Babys vorsichtig werden lassen. Denn die Ehe, der Höhepunkt ihrer Tagträume entwickelt sich zum Alptraum. Karls regelmäßiges Verlangen nach Sex trocknet sie aus. Er schwitzt über ihr und will befriedigt werden. Als ob sie mitten in der Nacht in ein Loch ohne Boden fällt und Karl sitzt geil auf ihr und lässt nicht los. Der Wecker klingelt um sieben Uhr Morgens. Dahinter steht Karl, spaßt und schenkt ihr eine Rose.

19. KAPITEL: NETTE NACHBARN

Beim Einkaufen im Tante Emma Laden begegnet Gertrude zufällig der Nachbarin die unter ihr im ersten Stock wohnt. Sie grüßt mit einem freundlichen Lächeln und sie kommen ins Gespräch.
Die Nachbarin heißt Anette, sie ist leicht dicklich, mit ebenmäßigen Gesichtszügen und einem Doppelkinn. Zwei kleine Kinder zerren an ihrem Rockzipfel, was sie geduldig über sich ergehen lässt. Ihr Mann ist Maler von Beruf, da ist das Geld immer knapp. Er ist im Gegenteil zu seiner Frau, dünn wie eine Bohnenstange. Zwischen Tür und Angel reden sie über das Wetter. Im Moment herrscht Dauerregen und die Frau des Malers klagt darüber, dass die Kinder nicht draußen spielen können und deshalb so unruhig sind. Scheinbar teilnehmend nickt Gertrude nur mit dem Kopf, Anette fühlt sich daraufhin verstanden und schlägt vor „kommen sie doch mit ihrem Mann mal vorbei." „Wir besuchen sie gern, schließlich sind wir jetzt Mitbewohner", nimmt Gertrude die Einladung an.
Für den Abend schminkt sie sich und wäscht sich die Haare. Karl findet den Aufwand übertrieben. Es sind ja bloß die Nachbarn und eigentlich hat er keine Lust dorthin zu gehen.
Etwas später sitzen sie gesittet bei Anette und Günther auf dem Sofa und bewundern den groß gewordenen Gummibaum, dessen Blätter Anette jeden Morgen mit dem Staubtuch abwischt.
Sonst haben sie sich erstmal nichts zu sagen, essen Chips, sitzen da wie bestellt und nicht abgeholt. Günther stellt

ein paar Flaschen Alkohol auf den Tisch, die Männer fangen an zu trinken während Gertrude sich höflich erkundigt „was machen die Kleinen, schlafen sie schon?"
„Denen geht es gut, bis eben habe ich ihnen eine gute Nacht Geschichte vorgelesen", antwortet Anette.
„Ach so, wie heißt die ", gerät das Gespräch ins stocken.
„Von den wilden Kerlen, das Buch lieben die Beiden."
Die Männer lachen und Günther behauptet „die wilden Kerle das sind doch wir." Betretenes Schweigen, nur Karl lacht weiter. Anette wirft ihrem Mann einen strafenden Blick zu und der stellt den Fernseher an, weil die Tagesschau kommt. Es ist Sonnabend, Familienprogramm, anschließend gibt es Kuhlenkampf mit endlosem Gerede. Anettes Lieblingssendung. Der Fernseher bleibt an, die Stimmung ist im Keller. Die Männer trinken weiter, und die Frauen stopfen sich ständig Chips in den Mund oder nippen keusch an einer Cola. Als das Unterhaltungsprogram zu Ende ist sind Karl und Günther besoffen. Beschwipst nennt einer den anderen einen: Sauf Kopf, worauf prompt geantwortet wird „du alter Pennbruder", und dann rät Karl „ich sag dir mal was. Ist doch egal was du machst, Hauptsache gerade halten." „Genau" lallt Günther „immer schön locker bleiben."
Vorwurfsvoll fällt Gertrude Karl ins Wort bevor er antworten kann „was soll der Quatsch" und zieht ihm am Pullover.
Anette macht ein strenges Gesicht, sagt nur „Günther"!
Zur Abwechslung wollen die Männer tanzen. Doch das will Anette nicht, weil die beiden zu angetrunken sind. Als Karl sie trotzdem auffordert läuft sie vor ihm davon. Freudig torkelnd eilt er ihr hinterher. Auf dem Sofa sit-

zend beobachten Gertrude und Günther das Schauspiel. Kreischend hüpft Anette in voller Leibesfülle über den Tisch und einen Sessel am Gummibaum vorbei. Mit ausgestreckten Armen rennt Karl hinterher dabei reißt er ein Blatt ab. Erschöpft bleibt sie stehen, worauf er ihr feierlich das Blatt überreicht und sagt „Darf ich bitten." Damit nicht noch mehr kaputt geht tanzt sie mit ihm, obwohl sie innerlich vor Wut kocht, weil dem Gummibaum ein Blatt fehlt.

Zu der Musik aus dem Radio lässt sich schlecht tanzen. Ohne was zu sagen fingert Günther plötzlich unter Gertrudes Bluse, die deswegen von ihm abrückt. Als Karl das mitbekommt hört er auf zu tanzen. Allerdings haben ihn die molligen Rundungen von Anette in Wallung gebracht und er schlägt ein Würfelspiel vor. „Das ist lustig" behauptet er „ wir spielen um unsere Kleidung, wer eine sechs würfelt muss etwas ausziehen." Die Runde ist einverstanden. Langsam verliert jeder ein Teil der Oberbekleidung. Allerdings würfelt Anette fast jedes Mal eine sechs. Da sie einiges an hat, fällt es ihr am Anfang nicht schwer sich davon zu trennen, doch wie es um ihr Korsett geht, weigert sie sich standhaft, will auf keinen Fall diese schützende Hülle lösen und schämt sich plötzlich, will wieder ums Anziehen spielen.

Die Männer, die auch schon in der Unterhose sitzen protestieren, wollen die Frauen ganz ausgezogen sehen. Nur Gertrude hält sich bedeckt, hat bisher kaum eine sechs gewürfelt und nicht vor sich bis aufs Hemd zu entblößen, ist erleichtert als Anette bestimmt „ich will nicht." „Stell dich nicht so an", fordert ihr Mann.

„Was heißt hier anstellen" regt sich Anette auf „ von Nackt

sein müssen, war nie die Rede." Entrüstet steht sie auf, nimmt die ausgezogene Kleidung und verschwindet mit den Worten „Entschuldigt, aber ich fühl mich nicht mehr wohl, ich geh jetzt schlafen, macht doch was ihr wollt."
Damit ist der Abend beendet. „Ich glaube es ist besser wir gehen jetzt", stellt Karl fest und zieht sich seine Hose wieder an. Günther ist inzwischen auf dem Sofa eingeschlafen und schnarcht. So schnell sie können verlassen die zwei die Wohnung. Am nächsten Morgen wacht Günther mit einem Kater auf und wundert sich, dass er auf dem Sofa liegt. Die Wohnung ist leer, der Frühstückstisch schon abgedeckt. Verschlafen schüttelt er die Kaffeekanne, setzt sich auf einen Stuhl, schüttet den Rest lauwarmen Kaffee in eine Tasse, trinkt und wartet dass die Familie wieder kommt. Es dauert eine ganze Weile bis sich die Tür öffnet und die Kinder auf ihn zustürmen.
„Wo wart ihr so lange, " will er von Anette wissen. Aber sie sieht ihn mit einem strafenden Blick an, sagt kein Wort, dreht sich um und verschwindet aus der Küche. Günther lässt den Kopf auf den Küchentisch fallen. Das letzte Mal das ihn seine Frau so angesehen hat, hat sie vierzehn Tage geschwiegen.
Schnell kursiert es im Haus herum, dass die Frau vom Maler nicht mehr mit ihm spricht „die Frau vom Maler spielt verrückt, die beiden haben Krieg miteinander", wird hinter ihrem Rücken gemunkelt.
Auch nach einer Woche herrscht immer noch Unfrieden, weil Günther nicht die richtigen Worte findet verstummt seine Frau hartnäckig und deshalb beschließt er, sich nochmal bei ihr mit einem Blumenstrauß für sein Verhalten zu entschuldigen.

Etwa zur gleichen Zeit begegnet Gertrude zufällig, auf dem Weg, mit der Schmutzwäsche zum Waschsalon, Anette mit den Kindern. Freundlich grüßt sie wie immer, doch diesmal würdigt Anette sie keines Blickes und wechselt sogar die Straßenseite. – Vielleicht hat die Nachbarin mich nicht gesehen – denkt sie und betritt leicht irritiert den Waschsalon.

Auf dem Rückweg huscht im Treppenhaus mit eiligen Schritten und einem Strauß Rosen Günther an ihr vorbei. Durch die Tür hört Gertrude wie sich die beiden laut streiten. Vernimmt wie er sich rechtfertigt „das war doch nur Spaß" woraufhin Anette ihm vorhält „du hättest trotzdem mehr zu mir halten können." Seine Stimme wird leiser, Gertrude horcht an der Tür, hört ihn sagen „es tut mir wirklich leid. Ich werde das nie wieder tun." Dann raschelt es und Anette bestimmt „Aber mit diesen Nachbarn will ich nichts mehr zu tun haben."

Gertrude hat genug gehört. Enttäuscht geht sie in ihre Dachwohnung nach oben. Als sie Karl davon erzählt meint er, dass die Nachbarn übertreiben und ergänzt „an denen haben wir nichts verloren, die Frau ist sowieso zu dick, ich weiß gar nicht was der an ihr findet."

20. KAPITEL: HINTERHER IST ES BESSER

Obwohl Gertrude sich Mühe gibt, kann sie sich an Karls Art mit ihr umzugehen, nicht gewöhnen. Wenn er ihre Nähe sucht, weicht sie ihm aus, dreht den Kopf zur Seite und redet sich mit dem Abwasch des Geschirrs raus. Am Abend fühlt sie sich abgespannt.
Nach dem Fernsehen, im Bett wird er aktiv. Wenn sie sich von ihm weg dreht, macht er ihr Vorwürfe, solange bis sie nachgibt. Ohne Rücksicht oder Einfühlungsvermögen auf ihre Gefühle. Selbst wenn sie ihm zu verstehen gibt, dass er ihr weh tut, hört er zwar kurz auf, entschuldigt sich wie ein Schlafwandler und turnt danach dessen ungeachtet weiter. Es dauert nicht lange, wobei sein Körper stark durchnässt, bevor er sich erleichtert. Während sie unter ihm liegt, leer ist und an das verlorene Geld denkt womit sie Musikstunden nehmen wollte.
Sie haben keine gemeinsame Sprache, jeder bleibt für sich. Im Alltag ist er eher aufmerksam und bemüht sich auf seine Art eben. Aber in der Nacht drehen sie sich im Kreis aneinander vorbei.
Mitten im Schlaf wird sie von seltsamen Geräuschen geweckt und fragt in die Dunkelheit „was ist mit dir los, kannst du nicht endlich schlafen"? Die Frage bleibt unbeantwortet im Raum hängen. Gertrude knipst die Nachttischlampe an.
Am Schrank steht Karl, hat ihre Sachen angezogen und will, sich zierend, von ihr wissen „wie sehe ich aus, gefall ich dir so besser", wobei er weibisch mit dem Hintern wackelt und die Hände über die Brust streicht.
Fassungslos starrt Gertrude ihn an, flüstert vorwurfs-

voll „bist du verrückt geworden, lass das sein, es passt dir nicht" und macht das Licht schnell wieder aus, um ihn nicht weiter sehen zu müssen. Bevor sie aufgewühlt erneut in den Schlaf fällt hört sie Karl noch stöhnen. Anschließend träumt sie, dass er ihr mit einem Beil den Kopf abhackt.
Am nächsten Morgen scheint die Sonne. Vielleicht war es nur alles ein Alptraum gewesen, redet Gertrude sich ein. Doch wenn Karl sich ihr nähert kriegt sie Krämpfe und schubst ihn weg. Ihre Nerven liegen blank. Er rechtfertigt sich immer bei ihr und kauft Rosen, aber letzten Endes weiß er gar nicht wofür eigentlich. Er lebt bloß seine Sexualität aus. Was kann er dafür, dass sie frigide ist und am Abend im Bett schlägt er ihr in das Gesicht und droht, sie auf den Strich zu schicken. Hinterher schläft er ein, als wäre nichts gewesen und seine Übergriffe ganz belanglos. Geil eben für ihn.
Aus Angst immer tiefer in dieses Geflecht aus Tag und Nachtschatten verstrickt zu werden, erklärt Gertrude Karl, dass es so nicht weiter gehen kann und schlägt die Scheidung vor.
Er fällt aus allen Wolken, fühlt sich falsch verstanden und will davon nichts hören „was soll das denn heißen, nein bitte, du musst nur ein bisschen Geduld mit mir haben. Ich werde mich bessern", gelobt er.
Diesen Satz hat sie schon viel zu oft gehört, der lässt sie kalt „ mit diesen ganzen Lügen will ich nichts mehr zu tun haben."
Ernüchtert stellt er fest „ich dachte du liebst mich."
Gertrude schweigt. Die Wahrheit, dass die Liebe auf der Strecke verloren gegangen ist, kommt nicht über ihre Lip-

pen. Sie fürchtet sich vor ihren eigenen Worten, reagiert bockig „ich rede nicht von Liebe, ich möchte einfach für mich sein."
Er begreift sie nicht, wiederholt stattdessen „ich schwöre, keine Dummheiten mehr zu machen, werde alles tun was du willst, nur bitte, lass mich nicht im Stich" schweigend starren sie sich einen Augenblick an. Er bettelt weiter „ich liebe dich." Ihr fällt es schwer sich gegen seine Liebesschwüre zu erwehren, antwortet gleichwohl halsstarrig „ich glaube dir keine Versprechungen mehr."
Jetzt hat Karl genug gehört, er rastet aus, mahnt „Wenn du mich verlässt bring ich mich um." Wird böse „ Was glaubst du eigentlich wer du bist. Hast du vergessen in welchem Zustand ich dich aufgelesen habe. Was ich alles für dich getan habe. Glaubst du es ist mir leicht gefallen mit einer Nutte zu leben."
Daraufhin ist sie erstmal sprachlos, beginnt zu zittern als sie antwortet „du lügst doch wenn du den Mund aufmachst. Hättest du damals zu mir gehalten, hätte ich das Kind nicht weggeben müssen."
Sein Gesicht wird rot vor Zorn „war das etwa mein Kind. Kann ich was dafür, wenn du dir einen Bastard andrehen lässt. Aber dich aus dem Dreck holen, dafür war ich gut genug."
„Das hat doch keinen Sinn", gibt Gertrude auf „wir reden aneinander vorbei" rennt heulend ins Schlafzimmer und verriegelt die Tür.
Wutentbrannt hämmert er dagegen „wenn du nicht sofort wieder aufschließt trete ich die Tür ein."
Regellos bleibt sie auf dem Bett liegen und wartet ab. Sie möchte nichts mehr hören oder sehen. Aber er klopft un-

ablässig auf diese fordernde Weise, klopft wobei er droht „mach endlich auf, oder ich bring mich um."
Ängstlich bemerkt sie weiterhin wie er tobt. Mit einem Mal wird es unheimlich still. Langsam zieht sie die Decke ganz über den Kopf.
Ein Aufschrei, Karl scheint nach Luft zu ringen, stöhnt und röchelt, wird immer leiser. Schließlich wimmert er „hilf mir doch, hol einen Arzt, du kannst mich doch hier nicht verbluten lassen" und beginnt jammernd an der Tür zu kratzen.
Verunsichert will sie wissen „was ist passiert, hast du dich verletzt"? Er murmelt undeutlich „ich habe meine Pulsader mit einem Messer eingeschnitten." Die Vorstellung, dass er vor der Tür liegt und allmählich verblutet kann sie nur schwer ertragen; das Kratzen daran hallt ständig weiter in ihren Ohren. Beunruhigt steht sie auf um ihm zu helfen und tatsächlich findet sie ihn, wie er gekrümmt auf dem Boden liegt, mit einem Brotmesser in der Hand.
Aber als sie sich besorgt nach unten beugt um ihn zu stützen, fängt er plötzlich an lauthals zu triumphieren „hast du etwa geglaubt ich nehme mir wegen dir das Leben" und nimmt sie großmütig in seine Arme, als wäre niemals ein angsterregender Streit gewesen. „Du würdest mich doch nie verlassen", fordert er in einem bedrohlichen Tonfall und Gertrude verspricht es ihm.

Allerdings auch in den folgenden Tagen kann sie das Geschehene nicht einfach abstreifen wie ein aufgetragenes Kleid. Ein Teufelskreis beginnt. Er ist nicht der, für den sie ihn gehalten hat. Das Bild das sie sich von ihm gemacht hat stimmt nicht mit der Realität überein, was bleibt fühlt sich verkehrt an.

Er spürt dass sie sich von ihm langsam entfernt, will sie nicht verlieren und greift deshalb zu abstrusen Mitteln. Sein Verhalten wird immer abwegiger.

21. KAPITEL: EINE BAGATELLE ZU VIEL

Da ein Vorgesetzter ihn genervt hat, weil er nicht ordnungsgemäß gegrüßt hat, eigentlich eine Bagatelle, ist er völlig überreizt und kommt von der Arbeit gestresst nach Haus. Gertrude wirft ihm gleich arglos vor „ Du hast mal wieder vergessen den Müll mit nach unten zu bringen. Du kannst aber auch gar nichts", deswegen reagiert er sofort beleidigt, fühlt sich erneut angegriffen, brüllt „ bin ich dein Müllmann, oder was. Ich werd dir zeigen was ich alles kann" und schmeißt kurzerhand wahllos, frustriert eine Vase auf den Boden, die in tausend Stücke zerfällt und poltert „da hast du deinen Müll." Was bleibt sind Scherben und sie versteht nicht warum er sofort bei der kleinsten kritischen Bemerkung derart ausrastet.
Ebenso verfolgen Gertrude seine Selbstmorddrohungen, die sich kriechend zu Wahnvorstellungen entwickeln. Wenn sie nicht willig ist wie früher, nimmt er das Messer, dreht es am Handgelenk und warnt es zu benutzen. Langsam gewöhnt sie sich daran, wie an madige Erbsensuppe, macht sich Vorwürfe, dass sie alles falsch entschieden hat. Warum ist sie nicht einfach bei den Eltern geblieben und hat das Kind behalten.
Kurz entschlossen, um den tagtäglichen Angriffen zu entrinnen, fährt sie die Eltern besuchen, hofft auf Verständnis und dass die sie bei einer Trennung unterstützen. Wünscht sich die Adoption im Nachhinein für ungültig erklären zu lassen. Außerdem will sie erstmal Abstand von ihrem Alltag gewinnen und sich darüber klar werden, wie es weiter gehen soll.
Anfänglich wird sie überschwänglich begrüßt, sogar

herzlich umarmt, aber danach bleiben die alten Bevormundenden dieselben, verläuft es in gewohnten Bahnen. Der Vater meckert, weil sie beim Essen immer noch nicht gerade sitzt und berichtet anschließend stolz, dass er zum Angestellten des Monats gewählt wurde. Gerade will Gertrude von ihren Problemen mit Karl erzählen, in dem Moment legt die Mutter ihre Hand auf Gertrudes Schulter und stellt zufrieden fest „wir sind dankbar, dass es dir jetzt so gut geht, sei froh darüber, dass du keine stinkenden Windeln wechseln musst."
Sofort verlässt sie der Mut etwas über die gescheiterte Ehe zu offenbaren. Leise gibt sie der Mutter recht „Ja, das habe ich richtig Glück gehabt", hält den schönen Schein aufrecht, findet nicht die Worte, über ihre Ängste zu reden und um Hilfe zu bitten. Dort hat sich nichts geändert. Die Eltern verblassen. Ihre Sehnsüchte liegen brach in gefrorenem Eis, auf dem sie tanzt mit gefrorenem Glück. Hat stetig ihr eigenes Grab geschaufelt und sucht jetzt vergeblich einen Ausweg.
Niedergeschlagen fährt sie zurück zu Karl. Der hat inzwischen die kleine Wohnung geputzt, Geschirr abgewaschen und das Abendbrot vorbereitet. Dazu hat er eine rote Rose gestellt. Bestens gelaunt empfängt er Gertrude. „Hast du dich gut erholt bei deinen Eltern"? hakt er nach. „Geht so", antwortet sie knapp und möchte eigentlich nur den Stress den sie hatte vergessen.
„Wir können es uns heute nochmal richtig gemütlich machen. Morgen muss ich mit meiner Einheit für eine Woche zu einem Manöver in die Heide", teilt Karl ihr mit und weil sie sich als Ehefrau verpflichtet fühlt, geht sie auf ihn ein, hat ihre Mutter vor Augen die daran glaubt,

dass sie eine gute Ehe führt, bemüht sich, aber Gefühle lassen sich nicht erzwingen und es bleibt wie gehabt. Er will auf ihr für eine Woche Abschied nehmen.

22. KAPITEL: BEIM MANÖVER

Überrascht stellt Gertrude am nächsten Morgen beim aufwachen erleichtert fest, dass Karl schon weg ist. Schlaftrunken dreht sie sich nochmal um, träumt von einem großen starken Mann der sie rettet. Aber als sie die Augen öffnet sind die Gardinen zugezogen und sie ist allein.
Tagsüber versucht sie Texte von Liedern nachzusingen. Doch dann langweilt sie sich und beschließt die Disco vor Ort aufzusuchen. Ein lauwarmer Luftzug liegt über der Stadt. Die Menschen laufen mit prall gefüllten Plastiktüten an ihr vorüber. Für die Disco ist es noch zu früh. Ziellos wandert sie im fahlen Licht durch die Straßen.

Erst als es ganz dunkel geworden ist erreicht sie ihr Ziel. Vor der Disco lungern ein paar junge Männer herum, die rauchen. Den Kopf auf den Boden gerichtet will sie sich unbemerkt vorbei schleichen. Doch die fangen an ihr hinterher zu pfeifen. Einer ruft laut „na Puppe wie wär es mit uns beiden. Soll ich es dir besorgen" und alle lachen schallend. Stur, ohne sich umzublicken geht sie weiter. Beim betreten der Disco dröhnt ihr lautstarke Musik entgegen – you can make it if you try – rocken die Stones. Lichtkegel flimmern durch den Raum. Unsicher lehnt sie sich an einen Balken. Ein paar Mädchen kichern neben ihr unentwegt. Die Musik lässt keinen Platz zum Träumen, man versteht sein eigenes Wort nicht mehr. Am Tresen besorgt sie sich eine Cola, an der sie ab und zu gelangweilt nippt. Von einem Traummann ist weit und breit keine Spur. Stattdessen kommt ein untersetzter, breitschultriger Typ und fordert sie auf. Er hüpft wie ein

Känguru und tritt ihr dabei manchmal aus Versehen auf den Fuß, wobei er sich jedesmal entschuldigt. Der Besuch der Disco verläuft nicht nach ihren Erwartungen. Wie Ausverkauf Ware auf dem Grabbeltisch kommt sie sich vor. Das Känguru weicht nicht von ihrer Seite und belästigt Gertrude den ganzen Abend. Genervt verlässt sie die Disco. – Ruby Tuesday – hallt es ihr hinterher.

Beim Manöver hält Karl es allerdings in der Zwischenzeit keinen Tag aus. Gleich am frühen Morgen muss er auf Befehl mit der gesamten Mannschaft einen 20 Kilometer langen Fußmarsch durch die Heidelandschaft durchstehen. Mit schwerem Gepäck auf dem Rücken kommt er schnell ins Schwitzen. Nach einiger Zeit fängt es auch noch an zu regnen und er kriegt Blasen an den Füßen. Während er im Dauerregen marschiert, hat er ständig die Vorstellung vor Augen, dass Gertrude ihn jetzt betrügen könnte.
Am Nachmittag nimmt er beim Aufbau und den Vorbereitungen der Panzer noch teil. Dabei täuscht er einen Schwächeanfall vor und wird auf die Krankenstation gebracht. Der Obergefreite Meier kümmert sich um ihn, der hat bald Schichtende und ist in Gedanken schon Daheim. Pflichtschuldig bringt er Karl ein Fieberthermometer und der weiß wie er das Thermometer bearbeiten muss, um eine erhöhte Temperatur zu erreichen. Mit leidender Mine überreicht er das fingierte Ergebnis, so dass der Obergefreite Meier sich bereit erklärt Karl mit seinem Geländewagen mitzunehmen und ihn vorzeitig bei seinem Wohnsitz abzusetzen, damit er in Ruhe sein Fieber auskurieren kann.

Etwas geschwächt betritt Karl vorzeitig aus dem Manöver befreit die Wohnung und ruft „Ich bin wieder da", aber niemand antwortet ihm. Die Räume sind wie ausgestorben von Gertrude weit und breit keine Spur. Erbost betritt er die Küche ruft noch einmal ihren Namen, während er sich eine Tasse aus dem Schrank holt, Wasser aufkocht und sich einen Kamillentee brüht. Ermattet setzt er sich an den Tisch und schlürft langsam die Tasse leer wobei er wartend auf die Küchentür starrt.

Später hört er wie jemand das Treppenhaus begeht und den Lichtschalter sucht. Scharrende Geräusche, polternde Schritte die die Treppe hoch tapsen dringen in sein Ohr. Er glaubt schon Gertrude vor sich zu sehen. Doch dann dreht jemand ein Stockwerk tiefer einen Schlüssel ins Schloss und es herrscht wieder atemlose Stille.

Er wartet weiter bis ihm die Augen zufallen. Aber er findet trotzdem keine Ruhe, muss ständig an Gertrude denken, - wo ist sie, was treibt sie so spät unterwegs in der Nacht. Hat sie einen Anderen, betrügt sie ihn? – Abgespannt stellt er die Tasse in die Spüle und legt sich ins Bett, doch die Ungewissheit raubt ihm den Schlaf. Immer wieder schreckt er hoch und blickt auf die schwach leuchtenden Ziffern des Weckers. Träge schleicht die Nacht dahin.

Ahnungslos, dass Karl vom Manöver wieder zurück ist und im Bett nicht einschlafen kann, weil sie nicht im Haus auf ihn gewartet hat, geht Gertrude enttäuscht von dem Besuch in der Disco heimwärts. Inzwischen ist es Mitternacht. Die Straßen sind wie leer gefegt. Gertrudes Schritte hallen ihr hinterher. Bis zu ihrer Wohnung ist es noch ein langer Weg. Keine Menschenseele weit und breit. Müdigkeit breitet sich aus, jeder Schritt ist einer zu viel.

Wie von Geisterhand taucht plötzlich ein Auto an ihrer Seite auf und fährt im Schritttempo neben ihr her. Hinter dem Steuer im Wagen sitzt ein junger Mann der das Seitenfenster herunter kurbelt und Gertrude anspricht „na Fräulein, noch so allein"? sagt er und bietet ihr an „ich könnte sie ein Stück mitnehmen, wenn sie Lust haben."
Mit einem mulmigen Gefühl im Bauch geht Gertrude ohne zu Antworten stur gerade aus weiter. Eine freundlichen Stimme wiederholt „ich fahre sie wirklich gerne, muss sowieso in die Richtung." Ablehnend schüttelt sie den Kopf, hat Hemmungen zu einem Fremden ins Auto zu steigen, fühlt sich aber geschmeichelt. Der Mann bleibt hartnäckig, fährt langsam weiter neben ihr die Straße entlang. Ihre Schritte zählend versucht sie sich abzulenken, aber die Aussicht bequem nach Haus gefahren zu werden ist zu verlockend. – was ist schon schlimmes dabei – redet sie sich ein – ich kann ja wieder aussteigen, wenn er mir dumm kommt – steigt ins Auto, setzt sich auf den Vordersitz und knallt die Wagentür zu.
Jetzt erst kann sie den Mann deutlich erkennen, bekommt einen Schreck, will wieder aussteigen, doch er ist schon mit Vollgas los gefahren. Er hat zwar eine freundliche Stimme, aber auch einen Bierbauch, grobe ungepflegte Raucherhände und eine schmierige Rockertolle. Die Nase ist plump, der Mund ist schmal, die Augen sind klein. Gertrude fordert sofort „an der nächsten Kreuzung können sie mich wieder absetzen." Er schweigt und fährt vorbei, ohne anzuhalten. Sie wiederholt ängstlich „Hier können sie halten." Worauf er leicht spöttisch antwortet „Klar mach ich, aber erst später, ich fahre nur noch einen kleinen Umweg." Er glaubt, weil sie ins Auto gestiegen

ist, sich mitten in der Nacht allein auf der Straße herumtreibt, ist sie leicht zu haben.
Verunsichert schweigt Gertrude und wartet erstmal ab. Ohne zu halten, fährt das Auto in Richtung Wald. Insgeheim ärgert sie sich, dass sie so dumm war sich von einem Fremden mitnehmen zu lassen, nur weil sie zu faul war weiter zu Fuß zu gehen. Sie erinnert sich, dass man zur Selbstverteidigung einem Mann mit dem Knie voll in die Eier stoßen muss, dann wird er ohnmächtig. Weiß aber nicht, wann und wie sie es anstellen soll.
An einer abgelegenen Stelle parkt der Mann am Waldesrand zwischen mehren Büschen. Einnehmend legt er den Arm um sie, beugt sich zu ihr um sie zu küssen. Sie dreht den Kopf zur Seite und protestiert, schiebt ihn weg „Ich will das nicht, sie sollen mich nur nach Hause bringen." Doch davon möchte er nichts wissen, sondern behauptet selbstgefällig „Ach was, stell dich nicht so an. Du wusstest doch ganz genau was ich von dir will, als du eingestiegen bist. Na komm schon, zier dich nicht." „Ich habe nichts gewusst", stellt Gertrude fest und wirft ihm vor „ sie wollen mich doch nicht vergewaltigen." „Was heißt hier vergewaltigen, welch ein böses Wort. Du bist doch freiwillig ins Auto gestiegen – oder"? Dabei nähert sich sein schleimiges Gesicht. Anzüglich blickt er in ihre Augen, versucht sie an sich zu reißen, bittet „Nur einen Kuss, das tut doch nicht weh", und umarmt sie fest. Widerwillig spürt sie seine feuchten Lippen, kann kaum ausweichen, im Auto ist es eng und sie versucht die Tür zu öffnen.
Doch er ist stärker und hindert sie daran. Ungeduldig hält er ihre abwehrenden Hände fest, fordert „lass das, hier kommst du nicht weit, hier hört dich kein Mensch und ich

bin schneller wie du. Es hat keinen Sinn wegzulaufen", nähert sich erneut bedrohlich.
Um aus dieser einsamen Gegend heraus zu gelangen ändert Gertrude ihr ablehnendes Verhalten. Sie zeigt Verständnis gibt ihm recht, fragt scheinbar interessiert „hast du eigentlich einen Job", lobt „ du siehst aus als könntest du gut Kohle verdienen, nein wirklich die Elvis Tolle passt auch sehr gut zu dir. Unter anderen Umständen wärst du genau mein Typ", lügt sie.
Daraufhin lässt er sie los und weiß nicht genau wie er reagieren soll. Sein Alltag ist eher bedrückend und brennt auf seiner Seele. Es erleichtert ihn, wenn ihm jemand zuhört und er erzählt „eigentlich habe ich Elektriker gelernt. Zurzeit habe ich aber keine Arbeit, weil ich mich um meine Mutter kümmern muss. Sie ist Demenzkrank und braucht rund um die Uhr Betreuung. Um abzuschalten und zu entspannen bastel ich am Auto oder fahre einfach so durch die Gegend herum, so wie jetzt." Gertrude fragt weiter, „ was ist mit deinem Vater, kann der nicht helfen."
„Ach der", zuckt er nervös mit den Schultern „der hat meine Mutter im Stich gelassen, als er gehört hat, dass sie schwanger ist. Sie hat mich allein groß gezogen."
Verständnisvoll mit warmer Stimme gibt sie scheinbar nach „ wenn du möchtest, gebe ich dir soviel Küsse wie du willst, aber nicht hier im Wald, da habe ich zu viel Angst." Nachdenklich überlegt er sich den Vorschlag, möchte eine willige Beute, sieht sie fragend an „wie stellst du dir das vor." „Erstmal möchte ich wieder zurückgefahren werden, wenn ich dich lieb haben soll." Etwas durcheinander gebracht zögert er, denn auf diese Weise hatte er die Begegnung nicht geplant und fordert deshalb

„gut, aber ich fahre dich nur fort, vorausgesetzt du versprichst ehrlich, dass du anschließend brav bist. Falls du es nicht bist fahre ich noch einmal in den Wald."
Sie versichert mit Honigsüßer Stimme „ganz bestimmt bin ich dort gefälliger, in der Stadt ist es ja nicht so unheimlich." Er startet, doch bevor er richtig Gas gibt, begehrt er „aber mindestens fünf Minuten, ist das klar", dabei erhofft er sich ein leichtes Spiel, glaubt, wenn sie erst zusammen sind, wird sie Butterweich, vielleicht noch ein wenig mehr, er meint die Frauen zu kennen. Hat man erstmal eine rum gekriegt, sind doch alle gleich und lässt den Motor aufbrausen. Während er umkehrt versichert er sich nochmal „du gibst mir dein Ehrenwort" und sie verspricht ihm alles was er will, aber in Gedanken überlegt sie krampfhaft, wie sie sich aus dieser misslichen Lage befreien kann.

Bis die Lichter der Stadt wieder aufleuchten dauert es eine bedrückende Zeitlang. Beide schweigen. In der Nähe ihrer Wohnung sagt sie ihm, dass er anhalten soll. Er parkt auf einem Randstreifen und schaltet das Auto aus. Zur Sicherheit verriegelt er die Tür. Erwartungsvoll verlangt er dass sie ihr Versprechen einlösen soll. „einen Moment, gleich bin ich soweit", sagt sie und greift gleichzeitig nach dem Türgriff entriegelt, öffnet die Tür und hastet so schnell sie vermag überstürzt ins Freie. Er reagiert viel zu spät, war in Gedanken ganz woanders, sieht sie über die Straße laufen. Mit unbefriedigter Begierde bleibt er sitzen und schreit wütend hinter ihr her „das war gemein, du gemeines Luder." Hockt aufgebracht im Auto und gelüstet nach den fünf Minuten, ruft drohend „dir werde

ich es noch zeigen", wobei er andauernd heftig gegen das Lenkrad boxt.
Nachdem Gertrude aus seinem Sichtfeld in der Dunkelheit verschwindet und sie merkt, dass er sie nicht verfolgt, werden ihre Schritte langsamer, sie atmet endlich befreit auf.
Es wird schon fast wieder hell. Außer Atem hastet sie auf der Treppe nach oben und freut sich total erschöpft auf ihr Bett. Unbedacht, weil sie nicht ahnt, dass Karl inzwischen aus Krankheitsgründen nach Haus gebracht wurde, knipst sie das Licht an und zieht ihr Nachthemd über. Plötzlich steht Karl mit hochrotem Kopf, wie ein Geist mitten im Raum und will empört wissen „wo hast du dich die ganze Nacht herum getrieben." Sie fühlt sich ertappt und weiß nicht was sie antworten soll. Er schlottert am ganzen Körper, ist zu hastig aufgesprungen, weil er ihre Schritte im Halbschlaf gehört hat.
„Ich war nur ein bisschen unterwegs, na und, ist das neuerdings verboten", antwortet Gertrude bockig. „Du willst mir doch nicht einreden, dass du die ganze Zeit spazieren warst" widerspricht er.
Gähnend wendet sie sich ab, zupft an ihrem Nachthemd und murmelt „glaub doch was du willst oder bring dich um, aber lass mich zufrieden" und legt sich übermüdet ins Bett.
Das will er nicht hören, fühlt sich angegriffen und geifert „ du glaubst wohl nicht, das ich mich umbringen könnte."
„Du hast es erraten deine dauernden Lügen kannst du dir sparen", antwortet sie genervt und hofft, das er sie endlich schlafen lässt.
Aber er ist jetzt hellwach und tobt „du liebst mich nicht

mehr", rennt ins Bad und holt eine Rasierklinge. Fiebrig mit glasigen Augen fuchtelt er vor ihrem Bett stehend, mit der Klinge am linken Armgelenk. Dabei wirft er ihr vor „du hast es nicht anders gewollt, ich werde es dir beweisen" kann Wahrheit und Lüge nicht mehr unterscheiden, hat die Kontrolle über sich verloren, und ritzt mit der Rasierklinge an der Pulsschlagader.

Erschrocken starrt Gertrude auf seinen Arm. Sie fängt an zu frösteln, als ob ihr kalt wäre. An seinem Handgelenk kann sie aber nur einen kleinen Ritscher entdecken der kaum blutet und weil er sie dermaßen verängstigt hat erwidert sie aufgebracht „Du solltest lieber den Gashahn aufdrehen, dann sind wir beide tot."

Erst jetzt begreift Karl, dass er sich eine kleine Wunde zugefügt hat, aus der ein wenig Blut tropft und torkelt benommen ins Bad. Aus dem Verbandskasten sucht er sich eine Mullbinde, setzt sich auf den Toilettendeckel und umwickelt den Arm. Danach stellt er, auf dem Weg ins Bett, ohne sich nach Gertrude umzudrehen, anklagend fest „du hast Schuld, wenn ich in der Nacht verblute" und schläft gleich ein.

23. KAPITEL: ERNEUTER VERSUCH

Am nächsten Morgen ist der Tisch in der Küche schon mit frischen Brötchen Kaffee und allem was dazu gehört, gedeckt. Als Gertrude den Raum betritt entschuldigt sich Karl erneut mit einer roten Rose und versichert „dass kommt bestimmt nicht noch einmal vor. Ich glaub dir, dass du mich nicht betrogen hast" und dabei zeigt er seine Wunde, die kaum noch zu sehen ist. Entschuldigt sich weiter „ich hatte Fieber und mir Sorgen gemacht." Diesmal, erhofft Gertrude wird er sein Versprechen, sich zu ändern, sicher halten.
Doch schon nach ein paar Tagen fängt alles wieder von vorn an.
Es ist Wochenende, die Geschäfte sind überfüllt. Für jede Kleinigkeit muss Gertrude Schlange stehen. Er kommt von der Arbeit nach Haus und das Mittagessen ist noch nicht zubereitet. Sofort hegt er den Verdacht, dass sie ihn heimlich verlassen will.
Schwer beladen mit Lebensmitteln in Tüten betritt sie ahnungslos die Wohnung. Ohne ersichtlichen Grund hält er ihr eine Packung Rattengift unter die Nase und droht gleichzeitig „hier, damit kann ich uns umbringen, bevor du wegläufst." Sie lässt sich diesmal nicht beirren. Kurzerhand nimmt sie ihm einfach das Gift weg, stellt es ins Regal und trägt die Tüten in die Küche. Dabei sagt sie im vorbeigehen „ ich war Einkaufen wie du siehst."
Aber er kann nicht aus seiner Haut, verwickelt sich ständig tiefer in ein Netz aus Lügen und Beteuerungen. Benutzt als Druckmittel weiter eine Klinge oder ein Messer, vergreift sich an Rattengift oder dreht mal eben kurz den

Gashahn zum Schein auf. Schwört jedesmal Reue, bettelt um Vergebung, vergisst. Die Übergriffe werden maßlos. Beim geringsten Anlass dreht er durch. Am liebsten würde Gertrude ihn in einen Schrank stecken, abschließen und den Schlüssel in den Gully werfen, sie fühlt nur noch Abneigung.

Andererseits nimmt er ihre anscheinende Gefühlskälte wahr und macht ihr Vorhaltungen, ihr fehle die Leidenschaft, stellt fest „ du könntest beim Sex Zeitung lesen" und überlegt sich, Gertrude müsste damit eigentlich die magere Haushaltskasse aufbessern, indem sie auf den Straßenstrich in der Innenstadt geht, weil sie sowieso nichts reizt. Auf diese Art von Freiern wäre er auch nicht eifersüchtig und behauptet „Wir könnten damit nebenbei eine Menge Kohle machen. Das ist leicht verdientes Geld und ich pass auch auf dich auf und bleibe immer in deiner Nähe, falls es gefährlich wird."

Zuerst findet Gertrude den Vorschlag absurd und weigert sich beharrlich. Aber Karl lässt nicht locker, verspricht großmütig „ mit dem eingenommenen Geld können wir deine Musikkarriere ankurbeln, das wäre doch toll." Der Gedanke daran bringt Gertrude ins schwanken. Schließlich gibt sie nach und meint „also gut, versuchen wir es mal."

Auf einem abgelegenen, spärlich beleuchteten Platz, am Ende einer Sackgasse findet sie sich wieder. Irgendwo zwischen den Büschen hat Karl sich versteckt. Sie trägt einen roten Mantel aus Polyester und hochhackige unbequeme Schuhe. Unruhig geht sie auf und ab. Etwas entfernt steht ebenfalls eine Frau und starrt zu ihr herüber.

Ein Auto hält an. Die Tür öffnet sich und Jemand will

wissen „wie viel willst du haben." Ihr wird schlecht bei dem Gedanken, in das Auto steigen zu müssen und deshalb fordert sie eine hohe Summe. Wütend über den Preis klappt der Freier die Autotür wieder zu. Aber das nächste Auto steht schon dahinter.

Auf einmal erscheint im selben Moment die korpulente Frau, die unter der anderen Laterne gewartet hat. Ihr pickliges verlebtes Gesicht nähert sich wutschnaubend. „Was hast du hier zu suchen, das ist mein Revier", grölt sie laut, „scher dich gefälligst zum Teufel, verschwinde"!

Hilfesuchend blickt sich Gertrude nach Karl um, aber der lässt sich nicht sehen. Unter der halbfahlen Beleuchtung wirkt die Frau massig und abstoßend. Sie hat unregelmäßige Gesichtszüge und wellige, fettige Haare. Ein kurzer Rock umspielt ihre dicken Beine die sie in schwarze Stiefel gepresst hat.

Aufgebracht fuchtelt sie mit den Armen. Sie fürchtet die Konkurrenz, die Freier wollen doch nur Frischfleisch. Sie kennt sich aus in diesem Geschäft, ist schon so lange auf der Straße, hat sich diesen Platz hart erarbeiten müssen und da kommt so eine junge Göre, stellt sich einfach so hin und will abräumen. Aber so läuft das nicht, nicht mit ihr, nicht mit Janice und sie schreit, „wenn du nicht sofort abhaust hole ich meine Jungs und dann erkennst du dein eigenes Gesicht im Spiegel nicht wieder."

Um den noch wartenden Freier für sich zu gewinnen stöckelt sie zum Auto beugt sich nieder und bietet ihre Dienste an. Er wäre heute ihr erster Kunde und sie würde es auch für einen Zwanziger machen. Doch das Auto fährt weg.

Wie angewurzelt hat Gertrude zugeschaut. Die Prostituierte nähert sich ihr erneut wobei sie abwertend auf den Boden spuckt und danach droht „Was stehst du hier noch rum, willst du das ich dich klein mache?"
Gertrude erinnert sich, dass sie gelesen hat wie roh es in diesem Milieu zugeht, dass sie sich gegenseitig im Streit die Haare ausreißen oder sich die Augen auskratzen, bekommt Angst und ergreift die Flucht. Schnellen Schrittes läuft sie, ohne sich umzudrehen die Straße entlang. An der Kreuzung im sicheren Abstand taucht Karl plötzlich neben ihr auf, legt den Arm um ihre Schulter und sagt „ na, der hast du es aber gegeben."

24. KAPITEL: RATTENGIFT

Daheim hält Gertrude es kaum noch aus. Beim Aufräumen fällt ihr wieder die Packung mit dem Rattengift in die Hände. Nachdenklich langsam dreht sie die Packung immer hin und her, überlegt dabei trotzig – wenn er unbedingt Rattengift haben will, bitteschön, beschließt seine Drohungen wahr werden zu lassen und in die Tat umzusetzen.

Am Abend schmiert sie ein paar Scheiben Brot mit Käse und Wurst, gießt für Karl eine Tasse Kamillentee auf, und mixt heimlich einen extra Löffel vom Rattengift darunter. Allerdings kurz darauf rührt sich ihr schlechtes Gewissen. In dem Augenblick, als sie den Tee in die Spüle weg schütten will erscheint Karl, nimmt ihr die Tasse aus der Hand und trinkt sie leer. Danach stellt er fest „man war das süß, bisschen zu viel Zucker."

Entgeistert starrt Gertrude ihn an. Erwartet, dass er jetzt zusammenbricht, sich auf dem Boden vor Schmerzen krümmt. Aber nichts dergleichen passiert, sondern er isst mit Appetit sämtliche Schnitten auf.

Die nächsten Tage schleicht Gertrude um ihn herum, verfolgt genau sein Verhalten. Jedenfalls zeigt er seltsamerweise nicht die geringste Schwäche, kein Zeichen von irgendeiner Magenverstimmung. Schließlich hält sie die Ungewissheit nicht länger aus und sieht sich das Rattengift genauer an. Es riecht nach gar nichts, fühlt sich eher weich an und dabei beschleicht sie ein komisches Gefühl. Angeekelt schiebt sie die Tüte von sich fort, läuft ins Bad und wäscht sich die Hände gründlich.

Im Fernsehen soll das Fußballspiel HSV gegen Bayern München live ausgestrahlt werden. Karl freut sich schon den ganzen Morgen und sucht das Bier um es in den Kühlschrank zu stellen. Dabei stößt er zufällig auf das liegen gebliebene Rattengift und wundert sich, fragt Gertrude, die gerade die Betten macht „was hattest du mit dem Rattengift vor", scherzt „wolltest du mich vergiften", kommt näher, nimmt mit einem Löffel etwas Pulver aus der Packung und steckt es der perplexen Gertrude einfach in den Mund und sie verschluckt sich vor Schreck.
Es schmeckt klebrig und süß. „Das ist eine Scherzpackung", beruhigt Karl „ich habe mir das lediglich ausgedacht und du bist voll darauf rein gefallen. Da ist bloß Puderzucker drin", klärt er auf „hast du etwa geglaubt ich würde uns damit wirklich vergiften?" Belustigt er sich über Gertrudes verdatterten Gesichtsausdruck und wie sie um Fassung ringt. Während sie behauptet „natürlich kann ich Puderzucker von Gift unterscheiden, das kann doch jedes Kind" und dabei atmet sie tief durch – ihr reicht es -.
Anschließend ärgert sie sich darüber, dass er sie schon wieder angeschwindelt hat. Eine böse Lüge, diesmal als Farce verpackt. Was kann sie ihm überhaupt noch glauben. Nachdem sich Gertrude einigermaßen von dem Schock erholt hat, lässt sie sich ihre Enttäuschung nicht weiter anmerken, sondern hilft Karl bei den Vorbereitungen. Für das Fußballspiel stellt sie das Bier kalt.
Endlich ist es soweit, Karl schaltet den Fernseher an und macht es sich auf einem Sessel bequem. Doch was ist passiert. Kein Bild, kein Ton, nur schwarze Streifen und graues Flimmern. Der Apparat funktioniert nicht. Karl

bemüht sich, dreht an allen Knöpfen, haut dagegen, aber alles umsonst. Inzwischen ist das Spiel schon eine viertel Stunde gelaufen, der Fernseher flimmert immer noch grau und Karl haut nur noch in blinder Wut dagegen. Er holt ein Messer.

Ängstlich beobachtet Gertrude wie seine Wut sich ausbreitet und befürchtet, das er auch sie angreifen wird. Deshalb schlägt sie vorsichtig vor: „Wie wäre es wenn du zu deiner Mutter fährst, da kannst du die zweite Halbzeit zu Ende sehen." Wütend schmeißt er das Messer gegen den flackernden Bildschirm, gibt dem Fernseher einen letzten Tritt und reißt seine Jacke vom Haken. Während er die Treppe eilig nach unten läuft, zieht er seine Jacke über, dabei verheddert er sich ein wenig, übersieht die letzte Stufe, tritt ins Leere, verliert das Gleichgewicht, und knallt mit dem Kopf gegen die harten Fliesen im Flur wo er liegen bleibt.

Näher kommende Sirenen, von einem Rettungswagen dringen zu ihr hoch, von der Straße durch das Fenster in die Wohnung. Gertrude bleibt wie angewurzelt, gebannt vor dem flimmernden Fernseher sitzen. - Gedankenverloren grübelt sie darüber nach, was eben geschehen war. Rote Pusteln bilden sich auf ihrer Haut und fangen an zu jucken - wie konnte es nur soweit kommen? Das war einfach zu beängstigend für sie. Sie weiß nur eins, sie kann keinen Tag länger bleiben, fühlt sich wie ein Stück Holz in der Brandung. Damit muss Schluss sein. Sie muss ihr Leben selbst in die Hand nehmen. In Gedanken ist sie längst woanders. Er ist ihr fremd geworden. Sie besinnt sich auf sich selbst. Sie wollte doch Sängerin werden. Wo ist ihr Traum geblieben?

War ihr Anspruch einfach zu hoch gewesen? Hatte sie zuviel gewollt? Eigentlich ist es ganz einfach, wenn sie singen will, kann sie doch singen. Dabei sollte es ihr egal sein, was die Anderen sagen, ob das denen gefällt oder nicht. Es ist schließlich ihr Leben! Wenn die Musik sie erfüllt und ihr Spaß bringt, was spricht dagegen? Reicht das nicht? Allerdings, wenn sie nicht sucht, kann sie auch nichts finden. Singen kann sie aber überall ; auf einer grünen Wiese, im Wald, unter der Dusche, im Chor, sogar in der Kirche oder auf der Straße. Es ist nicht schlimm zu Fallen, wenn man wieder aufsteht und weiter geht.

Der Fernseher flackert immer noch. Sie seufzt, steht auf und schaltet ihn aus. Die Klospülung der Nachbarn rauscht in der Wand. Das ist mal wieder typisch für ihren Alltag. Was sie auch anstrebt, es geht daneben. Jedoch das will sie nicht mehr zulassen. Man muss es nur wollen und zu seinen Schwächen stehen. Die Wahrheit hat bekanntlich zwei Seiten. Vor ein paar Tagen hat ein Musiker im Radio von sich erzählt: „Mit Musik wollte ich nie mein Geld verdienen, das war mein Leben, das wollte ich nicht verkaufen. Ich habe lieber irgentwelche Jobs angenommen um meine Musik zu finanzieren. Der Erfolg war dabei nie wichtig, der kommt und geht, das ist höchstens ein nettes Zubrot. Aber die Musik die erfüllt mich." Das hat ihr zu denken gegeben und jetzt ist der Augenblick gekommen, wo sie etwas ändern könnte, sonst würde sie es nie tun und ewig bereuen.

Sie packt nur das Notwendigste in einen Koffer. Von der Straße aus klingen jetzt aufgeregte Stimmen zu ihr herauf. Wortfetzten die der Wind verweht. Autotüren werden geöffnet und fallen hohl klingend ins Schloß zurück.

Sie denkt, wieder mal so ein Besoffener der nicht gerade ausgehen konnte, oder ist da etwa etwas Schlimmeres psssiert? Überlegt kurz, ob sie nach unten gehen soll. Schiebt den Gedanken beiseite, das geht sie jetzt nichts mehr an, sie will nur noch weg. Karl sitzt wahrscheinlich längst bei seiner Mutter vor dem Fernseher und sieht sich die zweite Halbzeit an. Entschlossen klappt sie den Koffer zu und verschwindet mit dem Reisegepäck durch den Hinterausgang.